KB151116

긴 숨을 달게 쉬는 시간

숲에서 한나절

남영화 지음

남해의봄날

행복을 발견하는 능력

사람들 사이에서 일상을 사는 일은 종종 우리를 피로하게 한다. 서로 다른 사람들이 매 순간 같은 느낌과 생각을 공유한다는 것은 거의 불가능에 가까운 일이다. 그러니 그 관계 사이에서 느껴지는 피로감은 어쩌면 당연하다. 때로 상대방의 감정에 휘둘리기도 하고 내 감정과 의사가 무시돼 힘들고 서러운 시간들도 많다. 하물며 믿고 의지하던 사람이 내가 가장 힘든 순간에 손을 놓아 버리기라도 한다면, 그 상처는 회복하기 힘들다. 인간이라면 지긋지긋하다는 말이 나올 만도 하다.

　인간이란 원래 다들 자기 입장에서 생각하고 내 이익 위주로 머리가 돌아가게 마련이다. 물론 예외적으로 아주 이타적으로 자신을 희생하며 친구나 가족, 타인을 살리는 위대한 영혼도 있다. 그런 영혼에게 경배를!

그러나 대부분 서로 다른 이해관계 속에서 합일점을 찾기란 아예 불가능한 건지도 모른다. 불혹이 넘어, 인정하기 싫었던 이 사실을 인정하고부터 다른 사람이 그렇게 생각한다는 데 굳이 이의를 제기하지 않기로 했다.

'그렇게 생각되면 그러시라고, 그렇게 하고 싶으면 그렇게 하시라고' 한발 물러나는 법을 알게 되었다. 예전엔 그게 잘되지 않아 왜 내 맘 같지 않은 사람들이 이렇게나 많냐고 한탄하고 원망했다. 지금도 물론 내 맘 같지 않다고 생각되는 사람이 왜 없겠으며 순간 화가 나서 다다다닥 불화살을 쏴 대는 일이 왜 없겠냐만은 그때뿐, 그렇다고 그 사람들을 미워하거나 원망하는 데 힘을 쓰지 않기로 했다. 내가 원망하거나 미워한들 그 사람이 어디 바뀌겠는가.

사람이 다 다르고 그게 당연한 걸 인정하고 나니 마음이 편해졌다. 그리하여 마침내 관계에서 적당한 거리를 갖는 방법을 알게 됐다. 평소에 어떤 사람이 잘 이해되지 않고 그 사람 때문에 마음이 어지럽고 갈등이 생긴다면 거리를 둘 일이다. 그 사람이 내 맘속을 어지럽게 헤집고 돌아다니며 평온을 깨지 않도록 말이다.

그런데 문제는 그 적당한 거리 사이에서 혼자라는 걸 때때로 느껴야 하며 그 외로움을 오롯이 감당해 내야만 한다는 사실이다. 그럴 때 가장 좋은 친구는 자연이다.

군이 멀리 갈 필요도 없다. 나만의 시간, 나만의 하고픈 일에 몰두하다가도 문득 뭔가 생기 있는 친구가 필요할 때면 사람에게서 위로를 구하는 대신 조용히 자연 사이를 거닐어 보길. 사람에게서 얻을 수 없는 위로와 평온을 얻을 수 있을 것이라고 장담한다.

그냥 걷는 것만으로 위로와 평온을 얻을 수 있다고? 아니, 천만에!

많은 사람이 이 지점에서 자연이라는 가장 좋은 친구를 얻는 데 실패하는 것 같다. 어떤 사람과 친구가 되려면 어떻게 해야 할까? 서로를 알려고 노력하고 이해하려고 노력해야 한다. 그 과정이 없으면 진정한 친구가 되긴 어려울 수도 있다.

자연도 마찬가지다. 조금 더 가까이 다가가 알려고 노력하고 이해하려고 노력해야 진정한 친구가 될 수 있다. 그러면 말로 다 할 수 없는 위로와 기쁨을 얻을 수 있을 것이다. 하물며 그 친구는 내게 뭘 해 달라고도 하지 않고 아낌없이 주기만 하니 이 얼마나 고마운 친구인가.

　서로를 이해하는 데 가장 좋은 방법은 입장을 바꿔 생각해 보는 일이다. 자연과 만날 때도 마찬가지다. 대체 어떻게 하면 친구가 될 수 있을까?

　"넌 이름이 뭐니?"

　벚나무도 구별 못해도 괜찮다. 그냥 물어보는 것만으로도 관계가 시작된다.

　"넌 누구니?"

　이름을 알고 싶다는 생각이 들면 신기하게도 그 대상을 자세히 보게 되고 언젠가 자연스레 이름을 알게 되는 기적이 생긴다. 이미 관심이 시작됐기 때문이다. 관심이 없었을 때는 보이지도 않던 나무와 꽃의 생김새, 빛깔과 향기의 정보가 나도 모르게 머리와 마음에 자리를 잡는다. 그러다 어느 날 잡지나 TV에서 그와 같은 모양과 빛깔의 꽃이나 나무가 나오면 마치 무의식에 잠겨 있던 섬이 떠오른 것처럼 너무 반가워서 이렇게 소리칠지도 모른다.

　"와! 내가 널 발견했어!"

　그러니 그냥 가까이 다가가 손을 잡고 말을 걸어 주

면 좋겠다. 너를 알고 싶다고 가만히 눈을 맞추고 물어
봐 주면 좋겠다.

넌 왜 이런 색깔이니? 왜 이런 모양으로 생겼니? 거
기 피어 있으면 힘들지 않니? 목마르겠다, 다른 잎들은
싱싱한데 넌 왜 이렇게 힘이 없니?

숲을 알기 전에는 이 질문들에 해답이 있을 거라고
생각해 본 적이 없다. 하지만 놀랍게도 해답이 있다.

그렇다. 자연이 그런 색깔인 데는, 그런 모양인 데는,
그 계절에 피는 데는 다 이유가 있다. 그게 바로 자연의
이치다. 그 이치는 놀랍도록 신비롭고 아름다우며 때로
숭고한 가르침을 준다.

오늘 자연을 먼저 친구로 사귄 내가 전하고 싶은 이
야기가 바로 이것이다. 숲에 다가설수록 전혀 알지도
못하고 관심도 없었던 아주 매력적인 친구 하나를 새로
얻은 기분이 들 것이다.

숲해설가 공부를 시작하면서 나는 세상의 아름다움
을 보는 눈 하나를 더 얻은 느낌이다. 개안한 느낌이 이
런 걸까? 그전에 보이지 않았던 자연의 빛깔과 모양이
보이기 시작하고, 호기심에 가득 차 숲을 거닐 때 그 신

비로운 이치와 아름다운 조화로움에 감탄을 금치 못했고 그때마다 충만한 기쁨과 행복을 맛보았다. 더욱 신기한 건 자연뿐만이 아니라 다른 사람들, 말 못하는 아기들이나 개, 고양이의 마음이 서서히 엿보이기 시작했다는 거다. 아기와 동물들이 어떤 행동과 눈빛을 보일 때 예전의 나는 그 의미와 이유를 잘 이해하지 못했다. 당연하게도 그들을 자세히 들여다본 적이 없었던 것이다.

들여다보는 것의 힘은 놀랍다. 자세히 들여다보는 것만으로도 여태껏 알지 못했던 새로운 세계를 경험하게 된다. 자연을 가만히 들여다보는 힘을 기르니 그동안 보이지 않았던 표정들이 보이기 시작하고 마음이 읽히기 시작했다. 그리고 그 모습이 얼마나 사랑스러운지, 감동을 주는 것인지 비로소 알게 되었다.

숲을 들여다보는 힘을 기르면 세상을 보는 눈과 마음이 바뀌고 행동이 바뀌는 경험을 하게 된다. 다시 말해 아주 사소한 일상의 풍경들 속에서 색다른 의미와 아름다움, 재미를 찾아낼 줄 아는 '행복을 발견하는 능력'을 갖게 되는 것이다.

지금의 나는 예전의 내가 아니다. 내 주변은 온통 사랑스러운 것들로 넘쳐난다. 당연히 삶은 순간순간 그들을 바라보는 행복감으로 충만해졌다.

이렇게 충만한 기쁨을 주는 자연으로 들어오는 문을 더 많은 이들이 열기를 기대하는 마음으로 이 글을 쓴다.

한때 내가 갇혔던 희뿌연, 정체를 알 수 없던 우울과 외로움에 또 다른 누군가 갇혀 있다면, 세상이 온통 싫었던 그 다친 마음들에 어쩌면 자연이 가장 좋은 친구가 되어 줄 수도 있을 것이다.

물론 나 역시 지금도 종종 걷잡을 수 없이 감정이 요동쳐 나락으로 곤두박질치기도 한다. 그러나 금세 평온함으로 돌아올 수 있는 것은 숲을 통해 삶의 기쁨을 느끼는 행복한 순간으로 자신을 이끄는 방법들을 배웠기 때문이다. 그러니 부디 당신도 그 문을 열고 따라 들어오기를. 그리고 문득문득 마주치는 숲의 생명들에 진심으로 기뻐할 수 있기를.

목차

봄

지금은 나의 꽃을 피울 때

로제트식물

엄동의 겨울이 지나고 아직 춘풍이 불기도 전, 숲은 회색빛에 잠겨 있다. 침묵에 잠긴 듯 고요한 숲속에는 산수유와 생강꽃의 노오란 빛도 번지지 않았다. 새잎이 나기 전 연두의 기운이 숲을 서서히 감쌀 때 찾아오는 설레는 기운도 감감무소식이다.

그런데 바닥을 보면 어여쁜 작은 잎들이 보란듯이 싱그러운 초록으로 땅을 뒤덮고 있다. 언제 이렇게 초록의 기운이 번졌나 싶어 검불을 헤집어 본다. 햇빛을 골고루 잘 받기 위해 한 잎 한 잎 일정한 각도로 벌어져 촘촘히 몇 겹으로 돌려난 장미꽃 모양의 로제트식물들이다. 어찌나 앙증맞고 사랑스러운지 꽃 없이도 이미 다 이루었다는 생각이 들 정도로 진짜 장미꽃보다 더 어여쁘다. 초록의 작고 앙증맞은 장미라니.

로제트식물은 처음엔 줄기가 거의 없이 땅바닥에 딱 붙은 채 뿌리에서 잎이 모여나와 땅 위로 수평으로 자라는 식물들을 부르는 이름이다. 그 잎이 편평하게 겹겹이 돌려나는 모습이 장미꽃 모양과 비슷하여 로제트식물이라 불린다. 민들레와 꽃다지, 꽃마리, 냉이, 달맞이꽃, 개망초 등 봄이면 제일 먼저 핀다는 히어리와 풍년화보다도 더 먼저 봄소식을 알리는 녀석들이다.

아직 아침저녁으로 쌀쌀한 기운이 감돌아 한기에 부르르 몸서리를 치는 이때에 이 녀석들은 왜 벌써 나와 고생일까 싶어 안쓰럽다. 하지만 알고 보면 봄에 나온 게 아니라 지난가을부터 나와 겨울의 맹추위를 견딘 월동식물이다. 어떻게 이 여린 잎의 몸으로 추운 겨울을 날 수 있었을까. 아직 봄기운이라곤 찾아볼 수 없는 숲에서 그 싱그러운 초록이 너무 대견하다.

로제트 잎들은 왜 이 고생을 사서 하는 걸까? 누군들 햇빛 창창한 좋은 시절에 태어나고 싶지 않았을까. 하지만 좋은 시절은 로제트 잎들의 때가 아니다. 햇살 좋은 시절, 남들 다 꽃 피울 때 같이 꽃을 피운다면 어떻

위: 달맞이꽃 로제트잎
아래: 벼룩이자리 로제트잎

게 됐을까? 그 작고 여린 몸으론 키 큰 나무와 큰 꽃들의 그늘에 가려 햇빛을 받지 못하고 살아남을 수조차 없었을 것이다.

로제트식물은 남들의 좋은 시절을 기웃대지 않고 자신들만의 때를 안다. 다른 키 큰 나무의 잎이 떨어지면 남은 햇볕이나마 받을 수 있도록 늦가을에 태어나 시린 겨울을 맨몸으로 견딘다. 온몸을 털로 촘촘히 중무장하고, 바람과 추위를 피해 최대한 몸을 낮추고 땅바닥에 바싹 붙어 땅의 온기에 온몸을 기댄다. 그 모습이 마치 바닥에 펼친 방석 같아 방석식물이라고도 불린다. 이렇게 땅바닥에 붙어 있는 덕에 수없이 많은 들짐승과 사람들의 발에 짓밟히고 자동차 바퀴가 그 위를 지나가도 잎이 잘 찢어지지 않고 밟혀도 금세 제자리를 잡는다.

그러다 겨울을 막 지낸 햇살에 봄기운이 살짝 묻어나면 로제트 잎들은 다른 나무에 꽃이나 잎이 나와 햇볕을 가리기 전 그 모자라는 햇빛 아래서 일제히 서둘러 꽃망울을 터트린다. 겨울은 그들을 성숙시키기 위해 꼭 필요한 시간이었던 것이다.

막 태어난 식물은 꽃을 만들지 못한다. 사람하고 다

     " 견딤의 미학을 이처럼
잘 보여 주는 식물이 있을까?
한없이 낮게 겸손하게
그러나 당차게
자신의 때를 알고 준비하는
로제트식물에서 긴 겨울을
버티는 자세를 배운다. **"**

큰개불알풀(봄까치꽃)

를 바 없이 식물들도 성숙할 시간이 필요하고 어른이 되어서야 비로소 꽃을 피우고 열매를 맺을 수 있다. 그러니 누구보다 일찍 꽃을 피우려면 그 시린 겨울을 성숙의 시간으로 삼아야 하는 것이다.

그래서 이른 봄, 이때가 누가 뭐래도 로제트식물들의 때다. 크고 화려한 꽃들이 피어나기 전 누구보다 일찍 꽃망울을 터트려 벌과 나비와 곤충들이 수분을 하도록 경쟁력을 확보하는 것이다. 그렇게 로제트 잎들이 꽃을 피우고 열매를 맺고 씨앗을 맺어 퍼트리며 한살이가 마무리돼 갈 무렵 살구나무, 자두나무, 벚나무, 복숭아나무, 앵두나무의 꽃들이 일제히 꽃망울을 터트리는 햇살 창창한 봄이 비로소 시작된다.

견딤의 미학을 이처럼 잘 보여 주는 식물이 있을까? 한없이 낮게 겸손하게 그러나 당차게 자신의 때를 알고 준비하는 로제트식물에서 긴 겨울을 버티는 자세를 배운다.

로제트 잎들을 가만히 어루만져 본다. 빈틈없이 털로 빼곡히 중무장한 모습이 너무 비장해 보여 안쓰럽다. 견디기 힘든 시간을 버티기 위해 얼마나 안간힘을 썼을까. 녹록지 않은 세상살이에서 버티기 위해 온갖 방어기제로 중무장한 우리네 모습을 보는 듯 애련해 코끝이 시큰해진다.

"너는 그렇게 힘겹게 기어이 봄을 데려왔구나."

그 꽃이 눈물겹게 고맙다. 민들레, 꽃다지, 냉이, 봄까치꽃, 꽃마리 등 로제트 식물들이 꽃을 피워야 비로소 봄이 따라온다. 한없이 여리고 수수한 그 꽃들이 일제히 무리 지어 피어 아지랑이 속에 하롱거릴 때 봄의 노오란 기운이 세상으로 번진다. 그러면 마치 유년처럼 노란 햇병아리가 된 기분으로 무엇이든 새로, 다시 시작할 수 있을 것 같이 마음이 부풀어 오르고 설렌다.

때로 너무 힘들어 어떤 자세를 취해야 하는지도 잊어버리고 주저앉게 되는 순간이 있다. 생의 어느 모퉁이에 쪼그려 앉아 왜 이렇게 감당하기 힘든 일이 자꾸만 내게 생기는지 막막해 울음조차 나지 않는다.

그러나 아직 꽃피지 못했다 하더라도 각자의 견디기 힘든 겨울을 나고 나면 누구에게나 나만의 때가 온다. 그때 비록 작고 소박하더라도 여리지만 가장 강인하고 아름다운 꽃을 피워 올릴 수 있을 것이다. 어떤 힘든 상

로제트잎에서 피어난 민들레

황에서도 제때를 알고 준비해 꽃피우는 로제트 잎들의 섭리를 보면서 삶 앞에 어떤 자세여야 하는지 배운다.

중년이 된 이 나이에도 아직 가장 나다운 꽃을 피우기를 소망하며 산다. 들꽃들처럼 최대한 마음의 키를 낮추고 겸손하지만 당당하고 자유롭게, 아직 끝나지 않은 나만의 때를 지혜롭게 헤아리고 싶다. 그리고 그렇게 피워 올린 소박한 나의 생의 꽃 또한 기꺼이 귀하게 여기며 사랑할 수 있기를 꿈꾼다.

네가 그리 아름다운 걸
지금처럼 사무치게 알지 못했어

| 꽃마리

어느 날 문득 라디오에서 들려오는 노랫말에 울컥 눈물이 났다.

"그때는 아직 꽃이 아름다운 걸, 지금처럼 사무치게 알지 못했어." (〈스물 다섯, 스물 하나〉, 자우림)

정말 그랬다. 그때의 나와 네가 얼마나 아름다웠는지 시간이 흐른 지금에야 깨닫는다. 이렇게 사무치지 않고도 알 수 있었다면 얼마나 좋았을까. 그랬다면 좀 더 행복하게 내 청춘의 시간을 건너올 수 있지 않았을까.

돌이켜 보면 내 젊은 날은 잡히지 않는 꿈 앞에 오리무중이었다. 무수히도 방황했고 쓰라리게 아팠으며, 아무도 믿어 주지 않는 나를 나조차 믿기 어려워 힘겨웠다. 아무도 가르쳐 주는 이 없는 가보지 않은 길 앞에서 한 발 내딛는 것조차 두려웠다.

나는 라디오에서 흘러나오는 노래는 모르는 게 없던 라디오 키드였다. 라디오 DJ가 꿈이었지만 변변한 오디션도 잘 없던 시절이었다. 또 있다 해도 낙타가 바늘구멍 통과하기 만큼이나 어렵다는 방송사 오디션에 합격하는 게 내게 가능이나 할지 아무런 확신이 없었다. 행동력이라곤 털끝만큼도 없었으니 한낱 신기루 같은 막연한 꿈이라고만 생각했다.

꿈을 향해 한 발짝도 내딛지 못한 채 그저 먹고살기 위한 일을 하던 어느 날, 이런 질문이 떠올랐다.

이렇게 살아도 되는 걸까? 난 행복한가? 꿈을 잃어 버린 채 그냥저냥 삶에 떠밀려 살다 가는 게 고작 인생일까? 이렇게 가슴 뛰는 일도 없이 살다 갈 거면 신은 도대체 나를 왜 만든 걸까?

그땐 종교도 없었지만, 정말 신이 있다면 나를 만든 신에게 묻고 싶었다. 내 삶의 의미가 무엇이냐고.

무수한 질문 끝에 단 한 가지 확신한 건 '나를 만든 신이 있다면 그게 어떤 신이든 분명히 나를 사랑할테니, 내가 원하는 삶을 살라고 나를 만드셨을 거다'라는 생각이었다. 그러니 내가 원하는 삶으로 한 발짝이라도 나아가 봐야 하지 않겠나, 사뭇 비장하게 생각하면서도 도무지 용기를 못 내고 있던 어느 날, 라디오에서 흘러나오는 DJ의 한마디가 다시 내 마음을 사로잡았다.

"기적은 그것을 믿는 사람에게만 일어난다."

순간 멈춰 있던 가슴이 뛰었다. 그래, 믿지도 않는 기적이 내게 일어날 리가. 무턱대고 간절히 그 기적을 믿어 보기로 했다. 남은 용기를 모두 끄집어내 가 보지 않은 길로 첫발을 내디뎠다. 그땐 방송아카데미도 흔하지 않던 시절이라 무작정 한 극단을 찾아갔다. 연극을 하며 호흡, 발성, 발음법을 배우고 임팩트 있는 감정 전달법을 배웠다. 작은 소극장 무대에서 한여름엔 땀이 비오듯 흘러도 하루 두 시간씩 꼬박꼬박 PT 체조로 몸과 호흡을 다지며 오디션을 알아보았다.

그리고 기적은 일어났다. 내가 살던 지역의 방송사 DJ 공채 오디션에 합격하여 프리랜스 방송인 생활을 시작하게 된 것이다. 그땐 정말 나의 너무나 간절한 마음이 신에게 닿은 게 아닐까 하는 생각마저 들었다.

그렇게 시작한 방송국 프리랜서 생활은 숨가쁘게 지나갔다. 녹록지 않았고 돈도 되지 않았지만 정말 하고 싶은 일을 하고 있으므로 다 괜찮다고 생각했다. 그런데 돌이켜보면, 그 5년의 시간동안 정말 난 마음껏 행복했던가? 이 질문에 '예스'라고 경쾌하게 대답할 수만은 없다.

방송사 생활이 힘들었어서가 아니다. 그 시절 나는 하고 싶은 일을 하면서도 말 한마디, 행동 하나하나 민감하게 행복을 향해 고개를 돌리지 못하고 기뻐할 줄 몰랐던 행복 무식자였던 것이다. 그토록 원하던 꿈을 이뤄 놓고도 마음껏 그 시간을 즐기지 못했으며 심지어 행복해야 한다는 생각조차 없이 그냥 열심히 앞만 보고 달렸던 것 같다.

아직은 추위가 가시지 않은 이른 봄, 땅바닥에 낮게 몸과 마음을 멈추고 작은 꽃마리 꽃을 본다. 마치 작은 티스푼 여러 개가 손잡이를 한가운데로 모으고 동그랗게 모여 있는 것 같은 귀여운 꽃마리 잎은 숲은 물론 들이나 강둑 바닥 어디에서도 잘 자란다.

이 잎의 가운데서부터 어느 순간 너무 작아 잘 보이지도 않는 꽃들이 태어난다. 기껏해야 새끼 손톱보다도 더 작은 꽃마리 꽃은, 그러나 자세히 들여다보면 놀라

꽃마리. 꽃잎 가운데 동그란 부화관의 색이 노란 건 수분 전이고 하얀 건 수분 후의
모습이다. 촘촘한 털이 난 잎으로 알을 품듯 꽃몽우리를 품고 있다.

울 만큼 아름답다. 하늘빛과 보랏빛의 중간쯤 되는 오묘한 색채에 가운데 노란 부화관이 동그라니 앙증맞다.

꽃대가 나오기까지 아주 작은 보랏빛 꽃망울을 털이 촘촘한 두터운 잎이 마치 알을 품듯이 품고 있다가, 꽃망울이 하나둘 터지면서 끝이 또르르 말린 꽃대가 차츰 길쭉 둥글게 펴져서 꽃마리란 이름이 붙었다. 자세히 들여다보면 그 섬세한 모양과 색감에 도무지 눈을 뗄 수가 없다. 수없이 셔터를 눌러 봐도 사진으로는 그 아름다움을 감히 담을 수조차 없다.

"꽃마리 꽃이 이다지도 아름다운 줄 왜 난 이제야 알게 됐을까?"

내 청춘의 시간들도 그랬다는 생각이 든다. 그 시절 내가 피워 올린 꽃은 비록 소박했고, 다른 화려한 꽃들의 그늘에 가려 아무도 알아주지 않았어도 너무도 귀한 꽃이었음을 이제서야 깨닫는다.

꽃마리 꽃을 자세히 들여다볼 줄 몰랐던 지난날들처럼 나는 얼마나 자주, 많은 소중한 것들을 그냥 흘려보냈을까. 지나고 나서야 그 모든 것이 사무친다.

하지만 그것 또한 어쩌면 당연한 자연의 섭리다. 사람마다 다르겠지만, 성장기 청소년들은 꽃에 대한 관심

> 꽃마리 꽃을 자세히 들여다볼 줄
> 몰랐던 지난날들처럼
> 나는 얼마나 자주, 많은 소중한
> 것들을 그냥 흘려보냈을까.
> 지나고 나서야 그 모든 것이
> 사무친다.

꽃대가 도르르 말린 꽃마리 꽃

이 성인들보다 더 적다고 한다. 색깔에 대한 감성적 인지능력이 청소년기에 서서히 발달하기 때문에 청춘에는 상대적으로 자연의 색감을 잘 느끼지 못한다는 것이다.

> 어린 아이는 꽃을 좋아하지 않는다고 합니다. 한 시인은 "소년·소녀는 제 가슴에 꽃을 피우기 때문"이라 썼지만 그렇지 않습니다. 그것은 색깔에 대한 감성적 인지능력이 청소년기에 서서히 발달하기 때문에 느끼지 못하는 것뿐입니다. 성인이 되어서도 꽃을 싫어한다면 이런 인지능력에 장애를 갖고 있을 확률이 높습니다. 꽃은 사람의 마음을 안정시키고 때로는 들뜨게 합니다. 뇌가 눈으로 색채를 판단하는 순간, 자극을 보내 색깔에 따라 특유의 호르몬을 분비하기 때문입니다.
>
> <식물의 인문학> 박중환, 한길사, 25쪽

나이 들수록 꽃의 색채에 더 끌리고, 매해 돌아오는 계절의 변화에 마음을 빼앗기고 경탄하는 데에는 다 이런 이유가 있었던 것이다. 어디 자연뿐이랴. 더불어 삶에서 만나는 모든 일도 그냥 무연히 흘려버릴 수 없이 여러 감정의 색깔이 중첩되곤 한다. 하나의 일을 겪고도

오만가지 감정이 겹겹이 겹쳐 드는 건 하나의 일 속에
담긴 수많은 소중한 의미들을 아는 나이가 됐기 때문이
리라. 이제는 사람과 자연 사이 애잔한 것들과 사무치
도록 아름다운 것들을 보며 아주 작은 일에도 눈물이
난다.

여기 잠시 멈춘 자리, 아주 작은 꽃마리 꽃과 눈맞춤
하며 여태 눈치채지 못했던 그 아름다운 얼굴에서 지나
온 나의 시간들을 본다.

잠시 멈춤에서 여유와 평온함이 온다. 작은 꽃 앞에
멈출 수 있게 된 나는 숨 가쁜 삶 앞에서도 잠시 머무를
줄 알게 되었다. 그런 순간을 다시 맛보기 위해 나는 점
점 더 자주 작은 꽃들 앞에 멈추게 되었고, 지금 내 삶의
호흡은 점점 평온하게 잦아든다.

미안하다, 내 젊은 날들. 네가 그리 아름다운지 지금
처럼 사무치게 알지 못해서. 이제라도 꼭 기억해야지. 매
일매일 피는 일상의 저 꽃들이 얼마나 환하고 아름다운
지를.

너는 이미 꽃보다 아름답다

꽃다지

꽃다지를 꽃 이름으로만 알고 있던 어느 날 흥미로운 얘기를 들었다. 오이, 가지, 참외, 호박 등에 맨 처음 달린 열매도 꽃다지라고 부른다는 것이다. 그런데 이 꽃 다지를 따 줘야 식물이 더 잘 자란다는 얘기를 듣고 너무 의아했다. 식물이 애써 만든 소중한 첫 열매를 따 버려야 식물이 더 잘 자란다고? 사람으로 치면 온갖 정성을 다한 인생의 첫 성과물을 누군가 뺏어가는 것과 다르지 않을 텐데 그게 정말 성장의 원동력이 될까? 나라면 너무 좌절할 일 아닌가 말이다. 하지만 생태학적으로 봤을 땐 다 나름의 이유가 있나 보다.

열매가 너무 달리면 영양소가 열매에 집중되어 식물이

성장을 잘 하지 못한다는 것이다.

> 거름이 너무 많아도 농사가 안돼. 쉽게 말하면 먹을 게 많
> 은데 왜 애쓰며 꽃피우고 열매를 맺겠느냐고. 순지르기라
> 는 걸 해서 첫 번에 세상이 녹록지 않다는 걸 확 보여줘야
> 하는 거야. 그러면 '아, 세상이 그리 녹록지 않구나. 우리
> 세대는 힘들 것 같으니 다음 세대에 기대를 해보자' 하고
> 호박이 꽃도 피우고 열매도 맺지. 사람하고 똑같아.
>
> <시인의 밥상> 공지영, 한겨레출판. 23쪽

꼭 그렇게 힘들어야만 할까. 사람도 식물도 그냥 좀 거름 넉넉한 데서 호사를 누리면 안 되나. 너나 나나 참 살기 힘들다, 그런 생각이 들었다.

식물들이 살기 힘들면 열매를 잘 맺는다는 말은 소나무만 봐도 알 수 있다. 유난히 척박한 땅에 내던져져서 살기 힘들거나 햇빛이 부족해 비실비실한 소나무들은 유독 열매를 많이 단다. 보기에도 '아유 힘들게 뭘 저렇게나 많이 열매를 다나' 안쓰러울 지경이다. 하지만 그게 생명을 퍼트리는 존재들의 본능이라지 않는가. 곧 죽을 듯 힘든 소나무일수록 자손을 많이 남기고 죽어야

한다는 일념으로 없는 에너지를 더 짜내어 더 많은 열매를 맺는다.

이렇게 '처음'이라는 이유로 똑같은 이름이 붙은 걸까? 이른 봄 맨 처음 피어나는 '꽃다지' 꽃은 봄 숲이나 들판의 바닥 어디서나 볼 수 있는 십자화과 식물이다. 도톰한 작은 장미 모양의 초록색 로제트 잎에서 누구보다 먼저 네 장의 꽃잎이 열십자 모양을 이루며 노란 꽃을 피운다. 이른 봄 처음 올라오는 잎들은 나물이며 약으로 먹을 수 있는 경우가 꽤 많은데, 꽃다지도 마찬가지다. 줄기와 잎은 데쳐서 떫은 맛을 없앤 다음 나물이나 국으로도 먹는데 살짝 매운 맛이 있다.

어쩌면 누구보다 먼저 피느라 꽃다지는 제일 많이 아팠을까? 꽃다지가 여릿여릿 가녀린 노란 빛으로 무리 지어 피는 풍경은 왠지 눈물겹다. 얼마나 많은 아픔을 견디고 저렇게 환한 노란빛을 보여 주는 걸까. 그래서 봄과 가장 닮은 꽃이 아닌가 싶다. 노오란 꽃 위에 봄 햇살이 부서지고 아지랑이 사르르 피어오를 때 눈이 부셔 살짝 눈을 감았다 뜨면 햇살인지 꽃인지 모를 아롱아롱한 봄의 설렘을 안겨 주는 건 그 꽃이 겨울을 이기고 만든 눈부신 생명력을 말하지 않아도 절로 느끼기 때문 아닐까. 그건 어쩌면 모든 생명이 견뎌내야만 하는 아픔이 만들어 낸 공감일지도 모르겠다.

하지만 개인적으로 아무리 꽃다지 꽃이 예뻐도 꽃다지 로제트 뿌리잎만큼 예쁘지는 않은 것 같다. 꽃보다 뿌리잎이 더 예쁘다니, 그 무슨 소리인가 싶겠지만 자세히 들여다본다면 많은 사람들이 내 느낌에 공감하지 않을까? 꽃다지 로제트 잎은 아주 도톰하고 품위 넘친다. 얼핏 보면 그냥 잎이 아니라 무슨 선인장과의 식물 같다. 이미 그 잎의 아름다움이 하나의 완벽한 식물처럼 완성형으로 느껴진다. 이렇게 예쁜데 굳이 꽃을 피워야 할까 싶을 정도로 그 예쁜 잎의 형태가 사라지는 게 아쉽다. 꽃이 피면 장미 모양으로 펼쳐진 도톰한 잎은 흔적도 없이 변모한다. 뿌리잎 한 장 한 장이 마치 아기를 밴 엄마의 배처럼 볼록해지면서 잎겨드랑이마다 가득 꽃을 품더니 어느 순간 꽃을 피우고 꽃대를 죽죽 밀어 올린다. 자신의 온 힘을 다해 꽃을 밀어 올리고 나면 그 도톰하고 탐스럽던 맨 처음의 잎은 위치와 모양도 변하고 위로 갈수록 좁아져 예전처럼 앙증맞고 우아한 장미 꽃 모양을 잃는다.

위: 꽃다지 로제트 잎

아래: 꽃대를 막 내밀기 시작한 꽃다지

누가 꽃다지 꽃을 보고 맨 처음의 그 잎을 상상이나 할 수 있을까? 무엇 하나 흐트러지지 않은 정갈한 장미꽃 모양이던 잎들이 원래 모습을 잃고서야 이 어여쁜 꽃들을 피우고 열매를 맺는다는 사실을.

꽃다지뿐만이 아니다. 냉이, 달맞이꽃 등 많은 식물의 맨 처음 잎들은 줄기가 자라 꽃을 피우면서 모양을 변형시킨다. 도톰하고 큰 뿌리잎이나 떡잎으로 서둘러 광합성을 하고 영양분을 만들어 꽃대를 밀어 올리고 나면 이젠 줄기 아래쪽까지 햇빛이 잘 들도록 위로 갈수록 잎을 좁히고 모양도 삐죽하게 좁아지거나 갈라진다. 변신의 귀재가 따로 없다. 어찌 하나의 식물 아래와 위에 이다지도 다른 잎이 달릴 수 있는지, 그냥 봐서는 같은 식물의 잎이라고 알아보기도 힘들다. 식물들이 이렇게 필요에 따라 자유자재로 모양을 바꾸는 게 너무 신기하다. 그것도 줄기가 자랄수록 아래쪽 잎과 줄기에 햇빛이 잘 들게 하기 위한 생태적 선택이라니 더 놀랍다. 식물이 때론 사람보다 더 지혜롭다. 숲이 가장 큰 스승이라고 하는 이유를 알 것 같다.

꽃다지 로제트 잎을 만나고 돌아오면 자꾸만 눈에 밟혀 다시 가보곤 하지만 어느새 잎은 꽃대를 밀어 올리고 처음의 형태를 잃어 가고 있는 중이다. 그래서 딱 이 시기에만 볼 수 있는, 이 도톰한 뿌리잎을 보는 마음은 참 애틋하다. 마치 내게 너무 예쁜 것이 있으면 보여 주고 싶은 것처럼 사람들이 눈과 마음을 열고 이 감탄이 나올 만큼 예쁜 잎과 눈맞춤을 좀 해 줬으면 싶다. 그러나 생각보다 이 흔한 꽃다지의 로제트 잎을 아는 사람은 많지 않다.

이 잎은 바람이 차가워지기 시작하는 늦가을에 태어나 햇살이 모자라는 초봄에 산이나 들을 뒤덮는다. 이 시기엔 산책을 하러 숲으로 나오는 사람이 드물기 때문에 꽃다지 잎이 정확히 어떻게 생겼는지 잘 모르는 사람들이 많을 것이다. 혹여 부지런히 산책을 나오는 사람들도 추운 계절에 과연 누가 멈추어 땅에 방석처럼 들러붙은 이 친구들을 자세히 살필까 싶다.

다행히 몇 해 동안 유아 숲 체험을 지도하면서 수없이 많은 어린아이들과 꽃다지 로제트 잎을 만날 수 있었다. 아이들은 병아리처럼 로제트 잎 앞에 쪼그리고 앉아 가만히 눈을 맞추고 살짝 악수를 청한다. 그리고 다음에 숲을 찾을 때는 그 잎에서 나온 꽃들을 만나고 앙증맞은 손으로 쓰다듬으며 꽃들의 이름을 불러주었다. 이 아이

꽃다지가 여릿여릿
가녀린 노란 빛으로
무리 지어 피는 풍경은
왠지 눈물겹다.
얼마나 많은
아픔을 견디고
저렇게 환한 노란빛을
보여 주는 걸까,

꽃대를 밀어 올려
줄기가 높이 자란 꽃다지

들은 로제트 잎과 들꽃의 아름다움을 아는 어른들이 되겠지. 춘삼월 아무 꽃도 피지 않을 때 숲에 나가도 무수히 많은 어여쁜 잎들이 지천으로 널려 있다는 걸 알겠지. 어릴 때부터 자연의 아름다움에 눈뜰 수 있다면 그보다 더 큰 재산이 어디 있을까.

초봄 아직 찬 공기에 말간 볼의 아이들과, 아이들이 쓰다듬는 도톰한 꽃다지 로제트 잎과 꽃들을 바라보고 있으면 그 사랑스러움이 마음을 물들이고 절로 기쁜 미소가 지어진다.

꽃다지 뿌리잎의 놀라운 변화를 보며 나 역시 얼마나 변해 왔나 돌아본다. 아이를 가지고 낳고 키우며 살아가는 동안 맨 처음의 장미꽃 같던 모습을 잃어버리고 어느새 세월 따라 변해 가는 것이 그저 누구를 탓할 수 없는 자연의 섭리라는 걸 깨닫는다. 그 대신 나보다 더 예쁜 꽃 같은 아이들이 내 품속에서 자라고 다시 열매를 맺게 되는 것, 그게 순리인 것을. 그러니 더 이상 내가 꽃 같지 않아도 씁쓸해하지 않아야겠다 싶으면서도, 간혹 거울 속의 내 모습을 보면 서글퍼지는 건 어쩔 수 없다. 사람은 자연과 달라서 그 순리에 따라 사는 것도 그때그때 나이듦을 받아들이는 일도 쉽지만은 않다.

어릴 땐 나이 들어가는 중년의 어른들을 보면 그게 당연한 일인 줄만 알았고 그들이 그 나이듦을 받아들이는 마음 같은 걸 생각해 본적이 없었다. 하지만 이제 내가 중년이 되고 보니, 모든 것이 그냥 받아들여지는 것이 없다. 몸은 변하는데 마음은 쉽게 변하지 않는다는 것을 매일 느낀다. 그렇게 몸과 마음이 세월을 따라가는 속도가 서로 다르다 보니 내 몸이 어느 정도 상태에 와 있는지 확연히 깨닫지도 못하고 젊을 때와 똑같이 움직이다가 발을 접질리거나 어지러워 넘어지기도 한다. 뇌와 연결된 신체반응 속도도 떨어져 트렁크 속에 손을 얹은 채 트렁크 문을 닫거나, 뜨거운 줄 번연히 알면서 프라이팬이나 뜨거운 냄비에 불쑥 손이 가 화상을 입기도 한다. 그런 자신을 누가 어찌 쉽게 받아들이겠는가. 나이 든다는 건 내가 아무렇지 않게 잘하던 일도 잘할 수 없게 된다는 걸 받아들이는 일이고 그런 씁쓸함을 견뎌 내야 하는 일이다. 그러니 자존감을 지키며 좋은 기운을 간직하며 살기란 만만치 않고 도를 닦는 일과 같다.

꽃다지 로제트 잎을 보면 어쩐지 맨 처음 꽃을 품고

있었던 어여쁘던 시절이 생각난다. 그땐 그렇게 간절히 꽃피우기만을 열망했건만, 때론 시작이야말로 결과보다 더 아름답다는 생각을 한다. 우리가 그때 이미 어떤 꽃을 깊이 품었다면 비록 아직 꽃피우지 못했다 해도 이 꽃다지 잎처럼 충분히 아름다웠던 것 아닌가 하고.

그러니 꽃을 품고 있는 그 시간 동안 나 자신의 어여쁨도 잊은 채 그렇게 조급해하지 않아도 좋지 않았을까. 지나간 다음에야 문득 그런 시간들이 아쉽고 그립다. 그렇게 깊이 꽃을 품고 있다 보면 어느 순간 머지않아 눈부신 꽃이 환하게 피는 것이 순리이니 너무 조급해 말라고 청춘들에게 얘기해 주고 싶다. 꽃을 품은 너는 이미 꽃보다 아름답다고.

꽃다지의 장미꽃 같이 어여쁘던 잎이 색깔이 바래고 모양이 변해가며 눈부신 노오란 꽃을 피워 올리듯 우리도 때로 받아들이기 힘든 인생의 온갖 씁쓸함을 오롯이 감당하며 삶의 소중한 꽃들을 피워 올리고 열매를 맺어 온 것이리라. 그게 자식이든 인생의 또 다른 결과물이든, 이미 우리는 인생의 첫 순이 잘린 후 삶이 녹록지 않다는 걸 알고 있고, 장미꽃과 같았던 내 잎의 모양을 바꾸고 좁혀 오는 동안 삶의 이치를 체득해 왔으므로 이

제는 조급함 대신 행복하게 내 안의 또 다른 삶의 결과
물들을 길어 올려 나눠 마실 수 있으리라.

　　그때 힘이 후달릴 때마다 이 말을 내게 해 주고 싶다.

　　"너는 이미 꽃보다 아름답다."

너는 왜 노란색이니?

산수유와 생강꽃

초봄의 숲은 겨우내 얼었던 땅이 녹아 몰캉몰캉 푹신푹
신해서 흙을 밟는 기분이 참 좋다. 간혹 발을 잘못 짚으
면 푹 들어가 운동화가 흙진창이 돼버리기도 하지만 이
시기엔 다른 계절엔 느낄 수 없는 짙은 흙냄새를 맡을
수 있다. 성긴 흙 틈새로 햇빛이 스며들고 바람도 스며
들어 가고 물기도 많으니 모든 식물이 움트기에 딱 좋은
환경이 만들어진다. 그 사이사이로 온갖 생명이 돋아나
는 모습은 언제 봐도 환희롭다.

특히 봄 숲에 아직 나뭇잎이 나기 전 연두로 서서히
봄물이 오르는 그 느낌을 나는 제일 사랑한다. 숲의 풍
경 중에서 제일 좋아하는 것을 꼽으라면 단연 그 시기

를 꼽겠다. 분명하게 눈에 보이는 잎은 하나도 없는데 어디서 그런 푸른 기운들이 엿보이는지, 마치 신기루같이 존재하지 않고도 보이는 마법처럼 숲에 연두의 봄물이 오를 때 너무 신비롭다.

그러나 아직 그런 연두의 기운도 느껴지기 전, 숲에서 우리를 사로잡는 건 노란색 꽃들이다. 이른 봄 햇살이 따사로운 날 아지랑이 사르르 피어오르는 숲에 노란색만큼 잘 어울리는 빛깔이 또 있을까?

복수초, 풍년화, 영춘화, 회양목 꽃, 산수유, 생강꽃, 개나리 등이 노오란 색 여린 빛깔로 봄을 재촉한다. 신록이 무성한 여름에 강렬한 빛깔을 띤 배롱나무의 꽃, 부용, 백일홍과 접시꽃 같은 꽃들을 만날 때와 또 다른 느낌이다. 마치 수줍은 첫사랑의 느낌이랄까. 마음 들킬까 살짝 고개 숙인 그런 어린 마음 같은 것, 그래서 봄 숲은 참 애틋하다. 함부로 휘젓고 다녀선 안될 것 같다. 추운 겨울을 이기고 이리도 고운 빛을 보여 주는 모습이 너무 대견해서 봄볕 같은 노랑을 선뜻 마음에 들여놓게 된다. 내게도 그런 여리고 고운 설렘의 물이 다시 들 것만 같다.

만발한 산수유

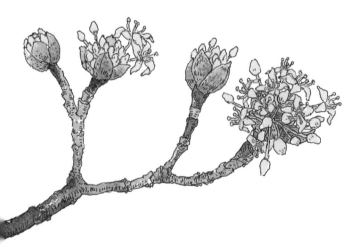

66 꽃이 그런 빛깔인 데는
다 이유가 있다.
사람도 마찬가지일 것이다.99

꽃망울이 막 터지기 시작한 산수유

그런데 왜 봄 숲에는 유독 노란색 꽃이 많을까? 우연이라기엔 너무나 많은 이른 봄꽃들이 노란색이다. 분명 그런 빛깔을 띤 이유가 있을 텐데… 호기심 어린 눈으로 산수유와 생강꽃, 영춘화의 입장이 되어 보려 해도 얼핏 잘 이해가 되지 않는다. 모름지기 꽃이란 곤충의 눈에 잘 띄어야 하는데 빛깔이 너무 여릿한 게 영 못 미덥다.

하지만 생강과 산수유의 입장은 의외로 분명하다. 그들이 그런 빛깔인 이유는 의외로 아주 간단했다. 그 시기 곤충을 불러들이기에 제일 눈에 잘 띄는 색깔이 노란색이며, 아직 햇빛을 충분히 받지 못한 식물이 만들어 내기 가장 좋은 색이기 때문이다. 물론 모든 계절에 노란색 꽃이 제일 눈에 잘 띄는 건 아니다. 하지만 이른 봄, 아직 햇살이 부족하고 나뭇잎도 올라오기 전의 숲은 어둡고 칙칙한 색 일색이니 어두운 곳에서도 명시도가 제일 높은 노란색 꽃들이 맨 먼저 피어나는 것이다. 도로의 중앙선과 도로 표지판이 노란색인 이유와도 같다.

그러나 그 노란색은 초록의 기운이 무성해지고 햇살이 성성해지면 빛을 못 받는다. 그래서 초록 잎이 무성한 늦봄과 여름에는 그 대비 색으로 눈에 가장 잘 띄는 흰색의 꽃들이 무더기로 피어난다.

귀룽나무와 아까시나무의 주렁주렁한 흰 꽃들의 환
희로 그득한 봄 숲은 정말 황홀하다. 야광나무는 큰 흰
색 꽃으로 숲에 빛을 밝힌 듯하고 산사나무 꽃과 팥배
나무 꽃, 층층나무 꽃들이 초록 숲에서 흰 빛으로 더욱
선명하면 완연한 봄의 절정을 지나 여름으로 치닫는 계
절인 것이다.

꽃이 그런 빛깔인 데는 다 이유가 있다. 사람도 마찬
가지일 것이다. 내가 상대방의 환경에 처해 보면 당연한
것들이, 입장 바꿔 생각하지 못해 오해가 생기고 갈등이
생겨나 서로를 비난하고 힐난한다. 산수유처럼 여린 빛
깔을 가진 사람에게 대체 어느 편이냐며 "넌 도무지 색
깔이 분명치 않아서 당최 무슨 생각을 하는지 모르겠다"
고 엉뚱한 화살이 날아가기도 한다.

그 꽃의 입장이 돼 보는 것은 그 사람의 입장이 돼
보는 것과 다르지 않다. 누구나 자신에게 꼭 알맞은 빛
깔을 가졌다는 것을 알면, 거기에 나의 잣대를 들이대
는 것만큼 어리석은 일은 없다는 것 또한 알게 된다. 그
당연하고도 아름다운 진리를 노란 산수유 핀 아름다운
숲을 보며 깨닫는다.

올해는 산수유와 생강꽃의 이유 있는 노란빛이 더욱더 사랑스럽다. 이해하게 된다는 건 더 사랑하게 된다는 뜻이다. 숲에서 더 깊이 사랑하게 되는 것들이 하나둘 늘어가듯 사람의 숲에서도 더 깊은 이해로 사랑하는 사람들이 주위에 하나둘 늘어가는 풍경이면 참 살맛나겠다.

예쁘지 않아도 나도 꽃이야

| 풍매화

나는 어릴 때 감자같이 생겼다는 말을 종종 듣곤 했다고 엄마가 말했다. "둥글둥글하게 생겼다는 뜻인가?" 하고 막연히 생각했지만 그래서 할머니들이 유독 귀여워했다는 말은 선뜻 납득이 안 갔다. 감자같이 생기면 할머니들의 사랑을 받을 수 있는 건가?

첫 아들을 낳고 그 아들이 어릴 때 어찌나 예쁘게 생겼던지, 동네에서 이쁜이로 불렸다는 남편의 유전자 덕분인가 했다. 그 애를 처음 본 사람들의 반응은 "와! 아빠랑 똑같이 생겼다"였는데 그 아이가 중학교에 올라가더니 그만 별명이 감자가 되었다고 해서 깜짝 놀랐다.

이 아이의 어딘가 내 유전자가 깊이 배어 있어 감자

가 되었는지, 어떻게 나를 본 적도 없는 아들 친구 녀석들이 아들을 보고 감자를 연상했는지 참으로 유전자의 힘이란 놀라운 것 아닌가.

그런데 그보다 더 놀라운 건 둘째였다. 둘째는 태어날 때부터 감자를 연상시키는 외모였다. 잘 삶아서 톡톡 냄비째 뒤흔들면 감자에 분이 생긴다. 그리고 모양이 두리뭉실해진다. 우리 둘째가 딱 그 양상이었다. 피부는 뽀얗게 포실포실하고 생긴 게 눈, 코, 입 어디 한 군데 똑 부러지는 데가 없이 두리뭉실한 게 한마디로 참 웃기게 생겼는데 귀엽다.

"아, 이게 감자같이 생긴 거구나."

나도 몰랐던 어릴 적 내 모습을 둘째에게서 보며 유전자의 힘을 다시 한 번 확인하는 순간이었다. 그런데 이 녀석 아무래도 이상하다. 우리 집에 옆으로 찢어진 작은 눈, 목 짧고 다리 짧은 사람은 없는데 악, 내 새끼 맞아? 그런데 우리 집 못생긴 놈이라고 맨날 놀려 먹던 둘째가 어느 날 형을 닮아가기 시작했다. 희한하다. 그렇게 작던 눈과 짧던 목이 커지고 길어지며 환골탈태를 한 것이다.

잘생겼건 못생겼건 그 모습은 부모를 닮기 마련이

고, 그 유전자는 대대로 이어져 어느 순간 자는 모습이
나 걷는 모습, 성격까지 똑 닮아 있는 경우가 많다. 그러
니 얼굴이나 체형이 못생긴 것도 예쁜 것도 다 유전적인
이유다. 누굴 탓하랴.

　많은 사람이 다른 사람을 볼 때 제일 먼저 시각에 의
존해 그 사람을 판단하곤 한다. 물론 첫인상이 중요하다
는 말도 일리가 있겠으나, 무수히 스쳐 지나가는 만남들
에서 겨우 몇 초 만에 나라는 사람이 누군가의 시각에 의
해 어떤 사람으로 판단되고 그에 합당한 대우를 받는 것
은 얼마나 가당찮고도 불공정한 일인가.

　꽃들도 마찬가지다. 색깔이 화려하고 아름다운 꽃
들은 사람들의 시선을 사로잡고 무한한 사랑을 받는
다. 하지만 피어나 단 한 번도 사람들의 시선을 받지 못
하는 꽃들도 너무나 많다. 심지어 그것이 꽃인줄도 모
르고 태어나 대접 한번 못 받는 꽃들도 있다.

　이들은 수분을 위해 벌이나 나비 등 곤충의 도움이
아니라 바람의 도움을 받는다. 바람이 꽃의 얼굴을 가
려 가며 불겠나. 그러니 바람의 도움으로 날아가 수분
을 하는 풍매화들은 얼굴이 굳이 예쁠 필요가 없다.

　소나무나 잣나무, 개암나무, 참나무, 밤나무, 은행나

무, 옥수수, 벼, 보리 같은 식물들이 바람의 도움을 받아 수분하는 풍매화들이다. 이 식물들의 꽃을 본 적이 있던 가 생각해 보면 얼핏 잘 떠오르지 않을 수 있지만 밤나 무의 꽃을 떠올리면 그 모습을 짐작할 수 있다. 밤나무 는 꿀이 많아 곤충의 도움으로 수분을 하기도 하지만 다른 대부분의 풍매화는 곤충의 도움을 받아 수분하는 화려하고 아름다운 충매화들과는 사뭇 다른 양상의 꽃 이란 것을.

어디 하나 예쁠 것 없는 풍매화, 하지만 그 식물들에 겐 너무도 귀한 꽃이다. 그들 역시 다음 세대를 위해 튼 실한 종자를 남긴다. 그뿐인가. 풍매화인 참나무의 도 토리나 개암의 열매는 만인의 사랑을 받고 있으며 벼는 우리 민족에게 없어서는 안될 쌀이 된다. 그러니 어찌 꽃의 예쁨과 안 예쁨으로 가치를 매기겠는가. 어디 하 나 모자람이 없는 꽃들이 아닌가 말이다.

이쁘거나 못생겼거나 몸매가 이쁘거나 말거나 외양 은 내 삶의 본질과 아무런 상관이 없다. 그런데도 상당 수의 사람들이 일반적인 미의 기준을 따르느라 하릴없 는 노력을 하며, 남들이 좋아 보인다고 하는 삶의 대열

위: 소나무 분홍색 암꽃과 송화 가루가 거의 날아간 수꽃

아래: 소나무 수꽃

소나무는 암수가 양성화로 같이 피기도 하고 따로 단성화로 피기도 한다.

자가 수분을 피하기 위해 같은 시기에 피지 않고 수꽃이 먼저 피고 암꽃이 뒤에 핀다.

에 끼기 위해 다른 사람들이 인정하는 좋은 것들로 자신의 삶을 채우고 싶어 한다.

나는 남들과 다르다. 얼굴도 몸매도 성격도 가치관도 다르다. 그런데 왜 다른 사람과 나를 끊임없이 비교하며 행복을 저울질하는 걸까.

물론 다른 사람들의 가치판단의 잣대를 완전히 무시하고 살 수는 없다. 하지만 풍매화가 군이 예뻐야 할 필요가 없는 것처럼 내게 하등의 필요나 가치가 없는 것들이라면 군이 사람들의 기준에 나를 맞추기 위해 쓸데없는 노력을 할 필요가 있을까. 내게 하나도 필요치 않은 것을 위해 나는 무엇을 내어 주고 있는지 생각해 볼 일이다.

풍매화는 있는 모습 그대로 제자리에서 열심히 꽃피우고 알찬 결실을 맺고 그 결실을 퍼트리며 자신의 삶을 충만하게 누리고 있다. 그처럼 나도 내 삶의 소중한 가치에 집중하며 나를 충만하게 하고 나를 행복하게 하는 것들로 일상을 채워 가야겠다.

그런 삶을 가꾸고 있는 사람의 얼굴은 저절로 빛이 난다. 자연을 닮은 그의 태도는 품이 넓고 조화로워서 아무도 그 사람의 생긴 양을 운운하진 않을 것이다.

> " 어찌 꽃의 예쁨과 안 예쁨으로
> 가치를 매기겠는가.
> 어디 하나 모자람이 없는 꽃들이
> 아닌가 말이다. "

은행 나무 수꽃(위)과 암꽃(아래)

　　나는 고(故) 김수환 추기경님의 소박한 기쁨이 깃든 표
정을 참 좋아한다. 어린아이 같은 순진무구한 장난기까
지 배인 그 얼굴을 보면 절로 미소가 지어진다. 그게 누
구라도 나이 들어서도 어린아이처럼 순수한 기쁨이 자
연스런 미소로 배어나는 얼굴이 세상 가장 아름다운 얼
굴 아닐까.

　　오늘 창창한 자신의 한때를 누리고 있는 예쁠 것도
없는 풍매화의 튼실한 꽃이 더없이 미덥다.

겉만 보고 나를 다 안다고 하지마

함박꽃나무 아래를 무심코 지나가다 그 달콤한 향기에
절로 고개를 들게 될 때가 있다. 꽃이 아래를 보고 피기
에 핀 줄도 모르고 걷다가 향기에 이끌려 문득 고개를
들면 너무나 단아한 자태에 맑은 미소를 담뿍 머금은
함박꽃과 눈 맞추게 된다. 처음 그 꽃을 만났을 때 그
이름조차 모르고 아, 참 단순하고 수수하게 생겼는데
향이 정말 좋구나 했다. 화려한 아름다움, 매혹적인 향
이 아니라 푸근한 미소와 정겹고 소박한 아름다움을 연
상시킨다. 북한에서는 목란이라는 이름으로 개명해서
국화로 삼을 정도로 사랑받는 꽃이다.

　우리나라에서는 작약, 모란 같은 크고 풍성한 꽃을

함박꽃이라 부르기도 한다.

함박꽃나무는 목련과의 나무로, 꽃은 봄이 완연한 5월에 피는데, 목련처럼 새하얀 꽃잎 안으로 붉은 수술대가 자리 잡은 모습이 무척이나 우아하다. 잎은 목련과 비슷한 모양으로 커다란 타원형으로 어긋나는데 꽃과 잎이 목련을 닮아 산목련이라고도 부른다. 목련이 진 봄 숲에 목련과 닮은 꽃송이가 아래를 보고 피고, 그 꽃 속에 붉은 수술이 오목하게 선명하면 함박꽃나무라 보면 되겠다.

그 꽃을 어느 날 차로 즐길 기회가 있었다. 같은 숲에 근무하던 숲 선생님들이 이른 봄날 아직 피지 않은 함박꽃 몽우리를 따다 바로 차로 우려 주셨다. 자연이 주는 이루 말할 수 없는 호사다. 따스한 함박꽃 차를 마시면 마치 봄을 삼키듯 은은한 향이 내 속으로 들어온다.

함박꽃의 봄맛은 목 넘김이 한없이 부드럽게 순하고 담백하다. 햇살에 반짝이는 초록을 우리면 이런 향이 녹아 날 듯한 연한 풀 향이 배어 있다.

햇살을 잘 받고 이제 막 만개하려는 함박꽃 향을 깊이 음미하며 그 순간을 만끽했다. 일 년에 함박꽃 몽우리가 맺혀 있는 고작 며칠 동안만 누릴 수 있는 호사가 아

닌가. 매해 지천으로 꽃은 피고 만들 수 있는 꽃차의 종
류는 수도 없이 많건만 그걸 때 맞춰 채취해서 말리고 덖
고 보관하고 우려내기까지 그 차를 내 손으로 만들긴 여
간 어려운 일이 아니다. 하지만 욕심 없이 새로 난 꽃 몽
우리를 몇 송이 따다 잘 씻어 뜨거운 물을 부어 우려내는
것만으로도 훌륭한 향과 맛을 음미할 수 있다.

꽃차를 마시고 있는데 차를 우려 주신 선생님이 별
안간 함박꽃 몽우리의 단면을 가로로 쓱 자르셨다. 그
리고선 한번 보라며 내게 내미시는데, 못다 핀 함박꽃
작은 몽우리 안을 맨눈으로 들여다봤자 뭐가 보이랴.
루페를 들고 자세히 들여다보았다.

"어머나, 이게 다 뭐야?"

자연은 늘 예상할 수 없는 경이로운 아름다움을 가
지고 있다. 그 작디작은 함박꽃 몽우리의 속은 정말 요
지경이었다. 겉만 보고 단순한 꽃이네 생각했던 게 무안
해지는 순간이었다.

그 단순한 자태 뒤에 이렇게나 복잡다단한 속내가
숨겨져 있을 줄이야. 겉보기엔 단정한 여섯 장의 하얀
꽃잎과 노란색 암술, 보라색 수술뿐인데 속은 겹겹이
꽉 차 있었다. 차곡차곡 수많은 수술들이 빈틈없이 조

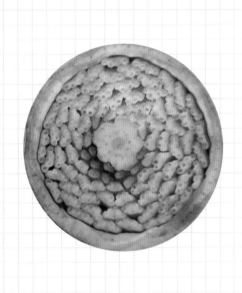

함박꽃 단면

밀하게 겹쳐진 모습이 너무 아름다웠다. 게다가 자세히 보면 촘촘한 수술로 보이는 곳곳에 송송 기공이 뚫려 있는 게 더없이 신기하기만 했다. 꽃 몽우리 속의 꽃잎들은 어떻게 숨을 쉬며 꽃으로 태어날 때를 기다리나 했더니 이렇게 오묘한 구조가 숨겨져 있었다. 이것만 사람들에게 딱 보여 줘서는 도무지 함박꽃이라고 대답할 사람이 없을 듯했다.

이듬해 봄 그 기막힌 함박꽃의 속내가 궁금해 갓 피어나려는 벌레 먹은 몽우리 하나를 가져와 다시 한번 단면을 쓱 잘라보았다.

이번엔 반드시 흰 꽃잎의 정체를 이 속에서 확인하리라 마음을 다잡고 하나하나 분해해 보았다. 살짝 흰빛이 도는 가장자리 끝부분이 확실히 흰 꽃잎이다. 그 안으로 넓게 꽉 들어찬 수술과 가운데 암술. 겉으로 보기엔 꽃에서 꽃잎이 더 커 보여 당연히 몽우리 속 단면도 꽃잎이 차지한 비중이 제일 클 줄 알았건만, 웬걸! 속을 보니 번식에 가장 중요한 암술과 수술의 존재 비중이 훨씬 더 크다.

한없이 단정한 함박꽃나무의 이루 말할 수 없이 복

겉과 속이 전혀 다른 함박꽃이 활짝 핀 모습

잡다단한 속을 보며 생각한다. 단순한 겉보기와 다른 겹겹이 숨은 속내, 이게 비단 꽃만의 이야기일까? 물 위에 우아하게 떠 있는 백조의 쉴새 없이 물을 휘젓는 물 아래 다리처럼 평온하고 단순해 보이는 모든 겉모습 속에는 이렇게나 남다른 속내가 담겨 있는 것이구나.

꽃도 이러한데 하물며 사람이야. 그러니 그 속내를 들여다보기 전에 너무 쉽게 누군가를 안다고 단정 짓는 건 얼마나 위험한 일일까. 함박꽃을 보고 그간 '참 단순하게 생긴 꽃이네'라고만 생각했던 내게 "겉만 보고 함부로 나를 다 안다고 하지 마"라고 함박꽃이 일침을 놓는 듯하다. 그러니 하나의 말, 하나의 행동만으로 누군가를 너무 쉽게 속단하고 단정 짓는 말들 속에서 우리가 상처 받는 건 너무나 당연한 일 아닐까.

'함박웃음'이라는 말이 있다. 함박꽃이 활짝 핀 모습처럼, 혹은 함지박처럼 크고 환하게 입 벌려 웃는 기분 좋은 모습을 이르는 말이다. 함박꽃뿐 아니라 모란, 작약 같은 큰 송이 꽃들이 탐스럽게 활짝 핀 모습을 보고 함박웃음을 연상하기란 어렵지 않다. 그래서 크고 탐스런 꽃들을 보면 절로 함박꽃 미소를 머금게 되나 보다.

겉보기에 단순하고 담백한 함박꽃 한 송이를 피워

올리기 위해 그 안에 이다지도 무수한 열망과 꿈들이 겹겹이 차곡차곡 쌓인 걸 들여다보며 생각한다.

내가 함부로 속단할 수 있는 꽃은 없다는 것을.

인생의 복병은 어디에나 나타난다

| 벚나무 위의 참새

"나는 별 일 없이 산다. 이렇다 할 고민 없다." (〈별 일 없이 산다〉, 장기하와 얼굴들)

흘러나오는 노랫말을 듣다 설핏 웃음이 났다. 과연 그런 인생이 있을까? 그것 참 부러운 인생이다. 살다 보니 한 고비 넘겼다고 안도하는 순간 또 다른 어려움이 찾아오는 것이 인생 아닌가 싶다. "어떻게 내게 이런 일이!"라는 말이 절로 나올 만큼 누구라도 붙잡고 원망하고 싶은 순간들도 수없이 만난다.

20대에는 내일은 무슨 일이 일어날지 마냥 설렘으로 하루를 시작할 수 있었다면, 나이 들수록 이제 더 이상 아무 일도 일어나지 않고 평온한 날들만 이어졌으면 싶은 마음이다.

하지만 어처구니없게도 인생의 복병은 어디에나 나타난다. 고난은 결코 예외 없이 내게서만 비켜 가지는 않으며, 생을 관통해 내 삶의 풍경을 바꿔 놓곤 한다.

기다리던 벚꽃이 앞다투어 피어나는 눈부신 봄날이었다. 벚꽃이 핀 지 이틀째 아침, 싱싱한 벚꽃들이 통째로 바닥에 툭툭 져 있는 것을 보고 깜짝 놀랐다. 벚꽃은 보통 한 잎 한 잎 마치 하늘에서 꽃비가 내리듯 흩날리며 지는데 이게 웬일이란 말인가?

꽃잎 모양 하나 흐트러지지 않은 채로 바닥을 수놓은 벚꽃을 보니 아름답지만 서러웠다. 얼마나 힘들게 피운 꽃일 텐데 이렇게 허망하게 진단 말인가? 꽃피우자마자 이게 무슨 날벼락인가? 내가 마치 꽃인 양 황망하고 분해서 뭐가 잘못된 건가 벚꽃 나무 위를 째려보았다.

세상에나. 가지에 세상모르고 즐거운 참새 녀석들이 오종종 앉아 콧노래를 부르고 있었다.

"아니? 설마 저 녀석들이 범인이야?"

집요한 탐정처럼 망원경을 들고 지켜보니 아니나 다

66 초대하지 않은 참새에 아랑곳 않고
눈부신 햇살 아래 아름다운 벚꽃의 시간처럼,
다시 꽃피울 찬란한 봄은 또 오기 마련이다.99

를까, 배가 볼록한 녀석들이 짧은 다리로 이 가지 저 가지 옮겨 다니며 벚꽃의 뒤쪽 꿀 자루를 부리로 톡톡 쪼자 꽃잎이 빙그르르 원을 그리며 속절없이 떨어졌다.

설마, 꿀을 따 먹는 건가? 하지만 참새가 벚꽃의 꿀을 먹는다는 말을 들어 본 적이 없으니 심증만 있지 물증이 없었다. 물증을 잡아 보리라 벚꽃 나무 아래를 비장하게 지키고 섰다. 그 사이 또 꽃 하나가 속절없이 떨어졌다. 잽싸게 녀석들 아래로 가서 핑그르르 떨어지는 벚꽃 하나를 살포시 손바닥에 받아 얼른 참새가 쪼은 곳에 혓바닥을 대 보았다.

"하~ 달다 달아. 이런 진짜 꿀 도둑이었어. 아니 저 참새 녀석들 귀엽게 생겨 가지고 아주 나쁜 놈들일세."

벌써 긴 가지 하나가 홀랑 빌 정도로 꿀을 다 먹고 생꽃이 지게 하다니. 인정사정없는 것들 같으니. 꽃의 앞쪽으로 부리를 넣어 꿀을 먹으면 꽃술의 꽃가루라도 이 꽃 저 꽃 묻혀 주니 더없이 고마우련만, 수분을 위해 열심히 만든 꿀을 어이없게 초대받지도 않은 손님이 먼저 와 덥석 밥상머리에 앉은 꼴이었다. 게다가 이 손님, 상도의도 없이 꿀만 홀랑 빼먹고 나 몰라라 하고 휘리릭 날아가는 것이 아닌가. 참 어이없다. 벚꽃은 이리될

줄 상상이나 했을까. 정말이지 인생의 복병은 언제 어디서 나타날지 모르는 거구나, 허탈해졌다.

그러나 황망한 마음과는 별개로 처음 맛본 벚꽃의 꿀 맛은 정말 잊을 수 없을 것 같다. 더구나 참새와 간접 뽀뽀를 하며 꿀을 나눠 먹은 특별한 경험이 아닌가. 참새가 쪼아 벚꽃이 핑그르르 맴돌며 떨어질 때 그 꽃이 손바닥에 닿는 촉감은 마치 우주가 내게 온 것 같이 묵직하기도 하고 장난스럽기도 해서 절로 웃음이 났다.

이 무슨 과장이냐 싶겠지만 한 번이라도 자연의 꽃이나 열매가 손이나 머리, 피부 위로 툭 떨어진 경험이 있다면 알 것이다. 심지어 새똥조차도 무게감이 어떠한지. 그 느낌은 참 충만하다. 그게 한 존재가 가진 생명의 무게일까.

우리가 미처 헤아릴 수조차 없는 수많은 시간 동안 벚꽃은 꽃을 잘 피우기 위해 진화에 진화를 거듭해 왔을 것이고 가장 좋은 때를 선택해 활짝 꽃을 피웠다. 그 인내와 고난의 역사 속엔 억만 겁의 시간과 지혜가 고스란히 담겨 있다. 나는 사뿐히 손바닥에 내려앉은 벚꽃 한 송이를 통해 하나의 완전한 우주를 만났다. 그러나 그토록 온전한 시간을 바랐건만 뜻하지 않은 사건이 그 만개한 벚꽃의 시간을 망쳐 버렸다.

인생이 어쩌면 이런 건지도 모른다. 이제 됐다 싶은 순간 뜻밖의 복병을 만날 수도 있는 것, 그러니 인생에서 순서란 없는 것 같다. 누구의 꽃과 결실이 먼저 열렸다 해도 일등이 꼴찌가 되고 꼴찌가 일등이 된다는 말처럼 그 결과는 누구도 장담할 수가 없다.

하지만 벚나무는 봄빛 아래 의연하다. 저 철없는 참새들에게 쌍심지 켜느라 시간을 낭비하는 대신 가장 찬란한 꽃의 시간을 보내고 열매를 맺기 위해 힘을 집중하고 있다. 뜻하지 않은 인생의 복병을 만나 가지가 홀렁 벗겨지도록 속앓이를 해도 여전히 아름답다. 시간이 지나면 죽을 듯 아프던 상처도 아물고 다시 봄은 오고 언제 그랬냐는 듯 아름다운 꽃을 피울 것이다.

그렇게 우리의 생도 흘러간다. 시간이 약이고 모든 것은 지나간다. 초대하지 않은 참새에 아랑곳 않고 눈부신 햇살 아래 아름다운 벚꽃의 시간처럼, 다시 꽃피울 찬란한 봄은 또 오기 마련이다.

여름

너를 만나는 기쁨

나는 산열매를 무척 좋아한다. 시중에서 사 먹는 것과는 맛의 차이가 확연하기 때문이다. 야생 다래를 처음 맛보던 날, 그 조그만 열매의 당도에 깜짝 놀라고 말았다. 시장에서 파는 다래와는 비교도 되지 않는 달콤함의 깊이라니. 그 맛이 오래오래 잊히지 않았다. 자연 그대로의 열매들은 풀 향이 그득 배어 있고 순한데도 묘하게 은은한 깊은 맛이 느껴져서 전혀 자극적이지 않은데도 자꾸만 혀끝에서 맴돌며 찾게 된다. 그래서 산에서 개암이나 머루, 다래, 오미자, 으름 같은 열매를 만나면 너무 반갑고 좋아서 아이처럼 '야호!' 소리 지르고 만다. 그땐 정말 내 몸 속 깊이 잠자고 있던 기쁨의 세포들이 화들짝 깨어나 몸과 마음속을 생기롭게 돌아다니는 느낌이다.

어린 시절에는 할머니 댁에서 방학을 보내곤 했다. 전기도 없이 호롱불을 켜고 살던 산골 시골 마을이었다. 깜장 치마, 깜장 고무신에 흰 저고리를 입고 다니던 그 시절의 내 산골 친구들은 학교 갔다 오면 해야 할 일이 소 먹이고 꼴(소가 먹을 풀의 경상도 사투리) 베는 일이었다. 집집마다 소를 몰고 산으로 가면 소가 실컷 풀을 먹을 동안 온 산은 우리 차지였다. 이곳저곳 산을 헤집고 다니며 따 먹던 개암의 고소한 맛은 여느 과자에 비교할게 못되게 맛있었다. 더구나 개암 열매 껍질에는 도깨비 집에 잘못 들어간 혹부리 영감이 배가 고파 딱 깨물었을때 도깨비들이 깜짝 놀라 혼비백산 도망갔다는 이야기가 있어 더욱 재미있었다. 어른이 되고나서 헤이즐넛 커피향을 좋아하게 되었는데 그 헤이즐넛이 개암 열매라는 것을 알고 매우 놀랍고도 반가웠다.

내가 살던 곳도 시골이긴 마찬가지여서 집 앞에 연밭이 있었다. 어느 날 우연히 초록색 통통한 연밥의 맛을 본 뒤론 간혹 주인 몰래 질척이는 뻘밭에 맨발로 들어가 연밥 서리를 했다. 풀 향이 그윽하고 고소한 맛이 일품이었던 연밥은 다 익어 까맣게 되면 고소함이 배가

되었다. 너무 맛있었던 기억과 더불어 서리하던 짜릿한 흥분까지 고스란히 기억난다. 들키면 큰일 날 것처럼 조마조마했던 순간이 왜 지나 보면 재밌었던 기억뿐인지. 나중엔 수양버들 가지를 길게 엮어 낚시질하듯 던져 연밥을 낚아채서 먹는 기술까지 우리의 서리 기술은 날로 진보했으나 사실 노는 데 바빠서 그다지 많은 양을 축내지는 못했기에 다행히 들키진 않았다.

그런 추억들 때문일까. 산열매는 왠지 철모르고 뛰놀던 유년 시절의 추억 같은 맛이다. 산책하다 우연히 까맣고 통통한 오디며 새빨갛게 익은 앵두를 보기만 해도 마냥 들뜨고 즐겁던 어린 날의 기쁨들이 고스란히 살아나는 것 같아 반갑다.

어느 날 숲해설가 동기 모임에서 우리의 주 무대였던 체험원 큰 뽕나무 아래 모여 작고 까만 포도송이 같은 오디를 털었다. 우리를 다 덮고도 남을 커다란 비닐을 머리 위로 뒤집어쓴 채 한 사람이 나무 위로 올라가 탁탁 몇 번 발을 구르자 까만 오디들이 투두둑 투두둑 머리 위로 빗방울처럼 떨어졌다.

그때 처음 알았다. 아무리 작은 열매라도 옹골찬 생명의 무게감이 있다는 것을. 오디 한 알 한 알이 머리 위

위: 앵두

아래: 머루

로 툭툭 떨어질 때 그 느낌은 마치 지구의 중력이 사뿐
히 내 머리 위로 내려앉는 것처럼 묵직하고 충만했다.
그 오디들을 모아 살짝 물에 씻은 다음 그대로 백설기
반죽에 넣어 쪄 먹었다. 하얀 김이 폭폭 나던 조그만 찜
기에서 꺼낸 백설기 떡 위엔 까만 오디가 총총 박혀 있
고 그 맛이 얼마나 순하고 달달하던지, "아, 참 행복하
다"는 말이 절로 나왔다.

아이들이 이런 자연의 맛을 알면 좋을 것 같아서 유
아 숲 체험을 진행할 때면 종종 보리수며 오디, 살구나
버찌, 앵두를 따 먹는다.

"산열매를 먹을 땐 말이지, 아무 바닥에나 떨어져 있
는 걸 그냥 주워 먹으면 안 되느니라. 일단 풀 위나, 좀
깨끗한 땅에 떨어진 걸 골라서 어디 깨지고 으스러져 썩
은 데 없나 잘 보는 거야. 이걸 손으로 살살 굴려 가며
잘 닦아서 일단 한입 딱 깨물어 보는 거야. 그리고 속을
잘 보는 거지. 벌레가 먹었나 안 먹었나. 봐라, 여긴 벌레
먹었잖아, 이건 깨끗하고."

비교까지 해 가면서 살구 주워 먹는 법을 열강하면,
아이들은 초롱초롱 눈독을 들이다 다람쥐처럼 부지런

히 쏘다니며 산열매를 주워 먹는다. 배운 대로 껍질이 안 깨지고 속이 안 썩은 걸로 잘 골라서 잘 닦아서 말이다. 얼마나 맛있게들 주워 먹는지, 비탈길과 바위 위도 불사한다. 그런 걸 위험하다고 말리지는 않는다.

"잘 올라갈 수 있겠어?"

"안 넘어지고 내려갈 수 있겠어?"

우선 물어본다. 그리고는 숲에선 네 몸은 네가 지키는 거라고 준엄한 가르침을 준다. 그러면서도 안 보는 척 넘어지지 않나 몰래 지켜보며 위험하면 얼른 달려갈 태세를 취한다. 아이들은 조심스럽게 비탈을 오르내리고 바위를 넘으면서 산열매를 귀신같이 찾아내 맛있게 냠냠 먹는다.

또 어떤 날엔 '여길 진짜 올라갈 수 있을까' 싶게 어른들에게도 만만찮은 긴 비탈길 앞에 서서 물어본다.

"얘들아, 저기 올라가면 맛있는 산딸기가 빨갛게 익었던데 올라갈 수 있을까?"

내 꼬임에 아이들은 백이면 백 다 잘 올라갈 수 있다고 호언장담한다. "진짜?" 하고 재차 물으면 걱정하지 말란다. 신기한 건 그렇게 선택권을 주고 스스로 결정하면 아이들은 기가 막히게 뭐든 잘 해낸다는 것이다.

잘 올라갈 수 있다고 호언장담했으니 가면서 나 잘 보라며 이렇게 잘 가지 않느냐고 찡긋찡긋 눈짓을 보내며 자랑스레 확인까지 시켜 준다. 대단하다고 엄지를 척 추어올려 주면 안 넘어지려고 스스로 더 조심하게 되고, 혹여 넘어지더라도 언제 그랬냐는 듯이 벌떡 일어난다. 물론 나는 괜찮냐 묻고 다치지 않았는지 살펴 준다.

아이들은 어른들보다 비탈길을 더 잘 오른다. 조심 조심 오르는 그 순간 주의력이 확 상승한다. 이제 숲길을 어떻게 걸어야 하는지 누구보다 더 잘 알게 된다. 그리고는 드디어 빨간 산딸기나무를 발견하면 환호성을 지른다.

"산딸기엔 가시가 있어. 조심해야 해. 여기, 가시 피해서 요렇게 잘 따 먹을 수 있겠어?"

시범을 보이며 물어보면 할 수 있다고 조심조심 따 먹는 아이들의 표정엔 긴장감이 감돌지만 빨간 열매를 입에 쏙 넣는 순간 그 얼굴은 성취감으로 빛난다.

버찌가 잔뜩 익었을 때는 올라설 수 있을 만한 나무를 잘 골라 나무 위에 올라가 보고 싶은 친구들을 올려 준다. 난생처음 나무에 올라 오디와 버찌를 따 먹어 본 아이들에게 숲은 너무나 즐거운 곳이 되고, 맛있는 것들

> **❝** 산열매는 왠지 철모르고 뛰놀던
> 유년 시절의 추억 같은 맛이다. **❞**

산딸기

이 주렁주렁 열리는 신비한 곳이 된다.

아무리 '조심해라, 주의해라' 백날 말하는 것보다 산딸기 가시에 한번 찔려 본 녀석들은 알아서 주의하고 가시를 피해 산딸기를 따 먹고 나무에 올라 버찌를 따 먹어 본 아이들은 관심을 넓히고 또 다른 도전을 즐기게 된다. 그게 자연 교육이다.

어느 교수님은 말씀하셨다. "유아 숲에서 가르쳐야할 건 LIFE, 즉 생활"이라고. 숲에서 걷고 뛰고 바위도 넘고 언덕도 넘고 산열매 먹는 법도 배우고 그렇게 자연에 적응하는 법을 배우는 게 숲 체험교육이다. 이렇게 온몸으로 숲을 헤치고 다니며 오감으로 자연을 받아들인 아이들이 산열매처럼 자신만의 맛과 향을 담뿍 가진 어른들로 자라나길 바란다. 그런 사랑스런 열매들이 세상 곳곳에 주렁주렁 열려 향기를 풍긴다면 얼마나 아름다운 세상일까.

그런 세상을 위해 우리가 자연에서 배워야 할 가장 중요한 것은 이 세상이 모두 보이지 않는 연결고리로 연결돼 있으며 어느 하나라도 없으면 생태계의 균형이 무너진다는 사실이다. 안정된 생태계에 갑자기 외래종

이 들어오면 그 종의 개체 수가 확 불어나 다른 종에 영
향을 미쳐 불균형이 초래되는 위험을 가져올 수 있다.
그래서 유해식물 퇴치 운동도 하는 것이다.

　사람 사는 세상도 다르지 않다. 우리 모두는 서로 보
이지 않는 끈으로 연결돼 있다. 한 아이를 잘 기르려면
한 마을이 필요하다는 말이 있듯이 나만 잘되면 되는 사
회란 없다. 내 주변이 온통 어둠으로 물들어 있는데 어
찌 내게만 빛이 비치겠는가. 그런 세상 풍경은 없다. 나
만 빛 속에 있으면 뭐 하겠는가. 한발 밖은 온통 어둠뿐
이라면 영원히 고립된 채 살지 않는 이상 혼자만 빛 속에
있을 수 있는 방법은 없다. 그렇기에 우리 모두는 보이지
않는 끈으로 서로 연결된 운명공동체다.

　그 관계들 속에 자연의 싱그럽고 소박한 산열매처럼
자기 고유의 향과 맛으로 꽉 찬 사람들이 여기저기 자
신의 고유한 자리를 지키고 서로에게 향기를 전하며 산
다면, 그처럼 아름다운 세상 풍경이 어디 있을까.

　정신없이 바쁜 일상을 살다가도 우연히 건네는 배
려 섞인 몇 마디 말과 행동, 부드러운 미소만으로도 갑
자기 팍팍한 세상의 풍경을 바꾸는 그런 사람들이 있
다. 잘 진열되어 보기에만 먹음직스러운 과일이 아니라

자기만의 고유한 향과 멋을 가진 산열매 같은 사람들이
다. 숲길을 가다 산열매를 우연히 만나면 그렇게 반가
울 수가 없는 것처럼, 그런 사람들을 우연히 만나면 숲
에서 싱그런 바람이 불어오는 듯 청량한 기분이 든다.
두말할 나위 없이 나도 누군가에게 산열매처럼 수수하
고 자연스러운 멋과 향을 전할 수 있는 사람으로 살고
싶다는 작지만 엄청난 소망의 씨앗을 품고 산다.

다른 생명에 대한 최소한의 예의

| 산수국과 개다래

어느 수목원 길가에 무더기로 핀 산수국 꽃을 처음 본 날을 기억한다. 10년도 더 전에 숲 공부를 처음 할 때의 일인데도 여전히 그 빛깔이 선명하게 뇌리에 남아 있다. 청색이 나는 비췻빛이라고 해야 하나. 말로 설명할 수 없을 정도로 그 산수국의 꽃 색깔은 참으로 오묘하게 아름다웠다. 세상에 어쩜 이런 빛깔이 다 있을까. 일부러 만들래도 이런 색은 못 만들 것 같다. 보석처럼 반짝반짝 신비롭게 빛이 나지 않는가.

자연의 색은 정말 어떤 염료를 혼합하여 온갖 공을 다 들여도 못 만들 정도로 신비하다. 꽃도 나무도 새도 물고기도 마찬가지다. 자세히 들여다보면 그 형태며 색감이 얼마나 섬세하고 아름다운지 말로는 표현할 방법이 없다.

해마다 산이며 들에 이 꽃이 피었을 텐데 왜 난 이제야 이 아름다움을 발견한 걸까. 재밌는 건 가운데 비췻빛 작은 꽃 말고 가짜 꽃인 가장자리 헛꽃이 어느 건 위를 보고 있고, 어느 건 뒤집어져 아래로 향해 있다는 것이다. 처음엔 그리 눈여겨보지 않아 그냥 우연인가 했다.

그러나 자연 현상에 우연이란 없다. 나중에 이 작은 몸짓에 담긴 의미를 알고 나니 세상에나, 새삼 자연의 아름다운 이치에 고개를 끄덕이게 된다.

산수국의 가운데 진짜 꽃은 너무 작아서 벌이나 나비가 보기 힘들다. 그래서 가짜 꽃인 헛꽃을 그 주변에 달고 벌과 나비에게 손짓한다. 그걸 보고 찾아온 벌과 나비가 수분을 다 해 주고 가면 이제 더 올 필요 없다는 표시로 헛꽃을 뒤집는 것이다.

당연히 꽃은 수분이 끝나면 더 이상 꿀을 만들지 않는다. 수분이 끝나면 내 필요를 다 충족했으니 그만일 수도 있는데 산수국의 헛꽃은 이렇게 벌과 나비의 눈에 띄지 않게 고개를 숙임으로써 아직 수분을 하지 못한 다른 꽃들에게 수분할 기회를 양보해 주는 것이다. 이

수분 전, 헛꽃이 위를 향한 산수국
수분 후에는 헛꽃이 뒤집어진다.

위: 산수국 몽우리

아래: 헛꽃이 뒤집어진 산수국

얼마나 아름다운 몸짓인가. 때로 자연의 섭리는 참으로 가슴을 뭉클하게 만드는 데가 있다.

비단 산수국만 그런 것이 아니다. 개다래도 마찬가지다. 꽃이 작고 줄기 아래에 고개를 숙이고 붙어 있어 곤충의 눈에 띄기 어려운 개다래는 넓은 잎을 흰빛으로 변화시켜 멀리서도 잘 보이게 반짝반짝 손을 흔들어 곤충을 부른다. 늦봄과 초여름 숲을 거닐다 보면 개다래 흰 잎이 무더기로 모여 반짝이는 풍경을 쉽게 볼 수 있다. 그러다 어느새 여름이 짙어지면 이 흰빛이 잘 보이지 않는다. 이 흰 잎이 꽃인줄 알고 찾아온 곤충들이 수분을 다 해 주고 가면 다시 초록 잎으로 돌아가기 때문이다.

자연을 알면 알수록 서로에게 건네는 이 아름다운 몸짓과 지혜로움을 닮고 싶다. 서로 상생하기 위한 자연의 이치와 조화로움에 저절로 고개가 숙여진다.

더구나 고개 숙인 개다래 작은 꽃의 향기는 말도 못하게 향기롭다. 달콤하면서도 약간 싸아한 매혹적인 향이 나는데 어느 고급 향수에 비할 바가 아니다. 사람들에게 개다래 향을 맡아보라고 가지를 들어주면 깜짝 놀라며 연신 감탄할 만큼 마음을 끄는 향이다.

　조향사가 아무리 좋은 향을 이리저리 조합하여 만
든다 해도 이리 좋은 향이 날 수는 없다. 세상 모든 디자
인과 향기의 원천은 자연이란 걸 새삼 실감하게 된다.
자연은 훌륭한 예술작품의 뮤즈가 되기에 손색이 없다.

　언제나 오감의 문을 활짝 열어 두고 이토록 아름다
운 꽃들의 몸짓과 향기를 닮고 싶다. 숲은 이 아름다운
몸짓으로 다른 생명에 대한 최소한의 예의를 지키고 있
다. 자신의 필요가 어느 정도 충족되고 나서도 더 가지
려고 하는 식물이나 동물은 없다.

　우리도 자연 같이 살면 좋겠다. 내 필요가 어느 정도
충족되고 나면 더 가지려고 하는 대신 아직 하나도 갖지
못한 사람을 위해 슬쩍 내려놓을 줄 아는 아름다운 몸짓
과 눈짓을 서로에게 넌지시 건넬 수 있었으면 좋겠다.

　굳이 말로 하지 않아도 서로를 배려하는 마음이 작
은 몸짓과 손짓에서 전해지는 숲처럼 조화롭게 상생하
는 사람 숲을 꿈꾼다.

하얀 잎으로 곤충을 불러들이는 개다래

       자연을 알면 알수록 서로에게
       건네는 이 아름다운 몸짓과
       지혜로움을 닮고 싶다.
       서로 상생하기 위한 자연의
       이치와 조화로움에
       저절로 고개가 숙여진다.

꽃이 지고 아무도 보지 않을 때
열매가 맺힌다

| 보리수

꽃이 피는 시간을 절정의 시간이라고들 한다. 수많은 사람들의 눈길과 발길이 머물고 찬탄을 부르는 그 시간, 과연 전성기라 할 만하다.

　사람에게도 누구나 이런 시기가 있기 마련이다. 생에서 가장 어여쁘고 환해서 보는 이들의 눈길을 사로잡고 존재 자체만으로도 어여쁨을 받는 시간들. 통통한 볼을 가진 분유 냄새 폴폴 나는 귀여운 아기들도 그렇고, 풋풋함과 건강함을 지닌 청년기에는 청바지에 흰 티셔츠 하나만 걸쳐도 얼마나 싱그럽고 예쁜가.

　그런 시간이 지나면 어느덧 누구의 눈길도 머물지 않는 고독한 시간들도 온다. 더 이상 존재만으로 어여쁜 아기도 청년도 아닌 나이가 되면 "이제 전성기는 다 지났구나, 이제 점차 시드는 일만 남은 건가?" 싶을 때가 온다. 그러나 화려한 꽃의 시간이 가면 정말 시드는 일만 남은 걸까?

식물의 시간으로 보면 화려한 꽃은 그저 열매를 맺기 위해 벌과 나비를 부르기 위한 방편에 불과하다. 모든 식물은 자신의 후손을 남기기 위한 목적으로 진화해 왔다. 그러니 정작 중요한 시간은 열매의 시간이고 꽃이 지고 누구의 눈길도 머물지 않는 것은 나무나 꽃에게 오히려 다행인 일이다. 눈에 띄어 섣부르게 익지도 않은 열매가 꺾이지 않으려면 누구의 시선도 끌지 않는 게 외려 더 안전한 일일 테니까.

꽃이 지고 아무도 봐 주지 않을 때 비로소 열매의 시간이 온다. 모든 식물이 열매를 맺기 위해 온 힘을 집중해야 하는 중요한 때다.

처음엔 너무 작아 존재감도 없던 열매들은 어느 순간 붉게 혹은 보라색, 청색으로 예쁘게 익어 딱 묵직한 존재감을 드러낼 날이 온다. 아무도 쳐다보지 않는 혼자만의 시간을 잘 견뎌 내고 힘을 집중해 만들어 낸 결실이다.

하지만 그 사이 자세히 들여다보지 않으니 사람들은 많은 식물의 열매들이 어떻게 생겼는지조차 알지 못하는 경우가 많다. 물론 먹을 수 있는 열매의 경우는 좀 다르겠지만 세상엔 먹지 못하는 종류의 열매들도 얼마든지 있고 '이게 열매야?' 할 정도로 작은 씨앗 같이 생긴 열매들도 많다. 그런 열매는 종자라는 말이 더 맞지만 어쨌건 그 식물에겐 가장 귀한 결실이다.

지나다니는 길에 수많은 나무나 꽃들을 자세히 들여다보면 매일이 다르다. 꽃이 피고 질 때, 열매가 맺히고 익어 갈 때, 매일이 작은 변화의 연속이다.

보리수 작은 꽃이 지고 나면 꽃 진 자리 씨방에서부터 씨알만 한 열매가 맺혀 눈에 띄지 않게 천천히 몸피를 부풀려 나간다. 처음엔 아주 자그마한 호박처럼 생긴 보리수 초록 열매가 아주 조금씩, 아무도 눈치채지 못하게 은밀하게 커져 간다. 그러다 어느 순간 제법 커진 초록 열매에 살짝 붉은 기가 수줍게 감돌기 시작하더니 점점 노르스름하게 변한다. 다시 또 가보면 그 노르스름하던 것에 자연의 숨결이 더해져 점점 더 진한 주홍으로 변해 간다. 그렇게 차츰 몸피를 불려 가며 제 색깔을 찾아가던 열매가 어느 날 딱 붉디붉게 탐스런 색깔로 주렁주렁 늘어져 보는 이의 탄성을 자아낼 만큼 존재감을 드러낸다.

그리 크지도 않은 나무에 길쭉 둥글한 붉고 탐스런 보리수가 기다란 열매 자루에 주렁주렁 매달린 모습은 마치 천국의 열매를 연상시킬 만큼 아름답다. 윤이 나는 붉은색에 섬세한 흰 반점이 무수히 찍힌 열매에 햇살이 더해져 반짝반짝 빛나는 모습은 너무 먹음직스러워 달려가 뚝뚝 따 먹으면 씁쓰름한 뒷맛까지도 달콤하게 느껴진다. 한번 자세히 들여다보는 데 익숙해지면 자연은 우리가 보든 안 보든 항상 이런 아름다움으로 가득 차 있으며, 생기 있게 변화하고 있다는 걸 알게 된다. 그걸 알게 되는 순간 내가 가진 외로움과 고립감이 서서히 끝을 맺는다.

눈에 띄지 않는 씨알만 한 열매로 시작해 점점 익어 가는 것을 보는 건 보이지 않던 기적을 눈으로 만나는 것처럼 놀라운 기쁨을 준다. 그 작은 열매들의 앙증맞은 모양새며 초록의 빛깔이 야무지게 토실토실 어여쁜 색깔로 여물어 가는 대견한 모습을 보며 어느새 마음에 서서히 새살이 돋고 나도 부지런히 더 단단하게 더 알차게 익어 예쁜 나만의 색깔을 내야겠구나 힘을 얻게 되고

위: 보리수 꽃

아래: 보리수 꽃이 질 무렵 씨방에서 열매가 시작되는 모습

생기를 얻는다. 아름다움은 힘이 세다. 보고 있는 것만
으로도 위로가 된다.

우리가 인생의 결실을 맺는 일도 이와 다를까? 인생
의 주목받는 한때가 다 지나고 혼자 덩그마니 남겨졌을
때, 사람들이 지는 꽃이라 말하는 얼핏 초라해 보이는
그 시간은 비로소 열매 맺기 시작할 때가 아닐까?

아무도 나를 봐 주지 않는다고 외로움에 어쩔 줄 몰
라 나를 잃어버려선 안 된다. 혼자만의 시간을 어떻게 보
내느냐에 따라 인생의 결실이 달라진다. 그 외롭고 힘든
시간, 남들이 자꾸 이것저것 하자고 유혹하지 않는 그
시간이 오롯이 나를 위해, 무언가 내가 하고 싶은 것을
하기 위해 투자할 수 있는 시간이고 인생의 튼실한 결실
을 만들기 위해 집중할 수 있는 시간인지도 모른다.

그런데 혼자만의 시간을 잘 견디지 못하는 사람들
이 의외로 많다. 무얼 하면 좋을지 몰라 끊임없이 누군
가를 만나고 재미거리를 찾아다니거나, 시대에 뒤처질
세라 핫하다는 온갖 이슈를 좇으며 그 시류에 끼지 않
으면 혼자만 뒤처진 듯 소외감을 느끼기도 한다.

거기에 정작 내가 하고 싶은 일을 하기 위한, 내 인생

의 어떤 결실을 만들기 위한 나만의 시간이 없다면 우리 인생은 누구를 위한 시간이 되는 걸까? 그렇게 관계에 휘둘려 살다가는 다른 사람들의 삶의 열매가 익어 가는 줄도 미처 눈치채지 못하고 있다가 어느 순간 그들의 열매가 묵직한 존재감을 드러낼 때 "아, 나는 이제껏 뭘 하고 살았나?" 허탈감을 감출 수 없을지도 모른다.

혼자만의 시간을 잘 가꾸고 내 생의 열매를 키우기 위해 부단히 힘을 집중할 때 처음엔 아주 미미했던 내 인생의 결실들이 점점 몸피를 부풀려 나간다.

그러다 어느 순간 그 열매가 탐스럽게 존재감을 드러낼 때, 다른 사람들의 눈길과 찬탄을 부르는 인생의 황금기가 또 올 수도 있으며 그때 관계의 중심은 바로 내가 된다.

그러니 꽃이 졌다고 공연히 서러워 말자. 이제 비로소 혼자만의 시간, 자신과의 싸움을 시작할 때다. 생의 또 다른 결실을 만들기 위해 내 하루를 행복하게 채운다면 아무도 봐 주지 않아도 내 영혼은 충만하리라.

"열매야 토실토실 나만의 색깔로 어여쁘게 여물어라, 점점 더 눈부시게 커져 가라!"

보리수 열매

66 꽃이 지고 아무도 봐 주지 않을 때
비로소 열매의 시간이 온다.
모든 식물이 열매를 맺기 위해
온 힘을 집중해야 하는 중요한 때다. 99

서로 다름이 빚어낸 조화로움

칡꽃 향기는 정말 멀미가 날 정도로 진하고 아카시아 꽃 만큼이나 달콤한 향이 난다. 여름 숲에 들어섰다가 그 달콤한 향에 끌려 가 보면 영락없이 보라색 칡꽃이 싱싱 하게 피어 향기를 건네니 그 앞에 서면 자리를 뜨기가 쉽 지 않다. 그런데 무심히 숲을 보면 절대 알 수 없는데 숲 체험 지도사들의 눈엔 너무나 잘 보이는 것들이 있다. 바 로 잎의 모양새다. 처음 숲해설가 수업을 들을 때 굉장히 놀라웠던 것 중 하나가 생강 잎도, 칡 잎도 같은 가지에 서로 다른 모양의 잎이 함께 달린다는 사실이었다.

　숲 공부를 하기 이전엔 그냥 벚나무는 벚나무 잎대 로 느티나무는 느티나무 잎대로 한 가지 모양으로 생긴 줄로만 알았다. 그러나 자연은 말 그대로 자연이다. 필요에 따라 자연스런 모양으로 핀다. 딱 정해진 규칙이란 게 없다. 그런데 그게 다 조화로운 이치에 따라 그리 생겼다는 걸 이해하게 되면 아, 자연의 순리란 참 대단하구나! 문득 진한 감동을 느끼게 된다.

생강나무 잎은 어떤 것은 완벽하게 하트 모양이고, 어떤 건 왕관 모양이다. 그것들은 그들만의 방식을 가지고 서로 모여 있는데, 바로 최대한 서로 햇빛을 잘 받기 위해 겹치지 않는 방식이다. 왕관 모양의 잎 한 귀퉁이가 볼록하다면 옆의 다른 잎은 자리를 비켜 주느라 하트 모양으로 잎 가장자리를 좁힌다. 참 신비롭고도 아름다운 조화가 아닐 수 없다.

식물들은 이렇게 서로 함께 잘 살아가기 위해 모양을 바꿔 가며 서로의 자리를 마련해 준다. 서로 자기 자리 차지하느라 아웅다웅하는 세상사와 사뭇 다른 모습에 나는 어떻게 살고 있었던가 절로 코끝이 찡해진다.

칡 잎도 마찬가지다. 가운데 잎의 가장자리가 볼록하게 양쪽이 벌어져 있으니 그 옆의 두 잎은 안쪽을 다 좁혀서 왼쪽 잎은 오른편이 들어가고, 오른쪽 잎은 왼편이 들어가 그대로 죽 빠진다. 이 모양이 하도 조화롭

위: 세 잎이 서로 다른 모양으로 생긴 칡 잎

아래: 왕관 모양과 하트 모양이 어우러진 생강나무 잎

고 균형미 있어 사람들이 보기에 전혀 불편하거나 이상
하지 않으니 그 사실을 미처 모르는 경우가 많다.

어떤 분은 "에이, 선생님이 숲선생님이라 자연을 너
무 과대평가하시는 거 아녜요?" 하고 믿지 못하겠다는
듯 농담을 할 정도니 정말 자연이 그리 대단한 뜻을 품
었나 싶은 분도 있을 것이다.

그러나 사실이다. 비단 이 두 나뭇잎만 그런 게 아니
라 세상 모든 나뭇잎이 그런 오묘한 자연의 섭리를 따
른다. 턱잎이나 떡잎은 제 역할을 다하고 나면 떨어져
버린다. 떡잎은 자신의 줄기를 밀어 올리고 턱잎은 잎의
눈을 보호하고 나면 떨어져 나가 성장의 밑거름이 된
다. 또한 식물의 줄기가 점점 자라나면 처음에 태어나
광합성을 위해 몸피를 키웠던 아랫잎들 위의 잎들은 점
점 잎의 몸피를 좁혀 아래쪽까지 햇볕이 잘 들도록 배려
한다. 그래서 다 자란 식물들의 줄기 아래쪽과 위쪽 잎
은 그 크기와 모양의 차이가 너무 심해서 같은 식물이
아닌 것처럼 보이는 것도 흔히 있다. 변화무쌍하게 잎의
모양을 변화시켜 힘을 집중해야 할 곳에 힘을 몰아주고
서로 상생의 길을 택하는 것이다.

세상 모든 잎의 조화로운 이치는 단순하다. 내가 다

66 세상 모든 잎의
조화로운 이치는
단순하다. 내가 다 갖춘
모습이 되는 대신 서로를
위해 조금씩 자리를
양보하며 조금 덜 갖춘
모습으로 남는 것이다. 99

칡꽃

갖춘 모습이 되는 대신 서로를 위해 조금씩 자리를 양보하며 조금 덜 갖춘 모습으로 남는 것이다. 그게 결국은 잎이 서로 겹치지 않고 햇빛을 잘 받게 해 서로를 살리는 길임을 자연은 알고 있다.

사람살이도 마찬가지, 서로 다른 것은 틀린 것이 아니다. 그럼에도 다르게 생기면 다들 이상하다 한다. 그 다름을 보는 편견 어린 시선들 때문에 나의 다름이 부족한 모습으로 비칠까 방어막을 치게 된다. 하지만 그런 편견을 뛰어넘는 멋진 친구들을 보면 그렇게 기분 좋을 수가 없다. 서로 다른 모습으로 어우러져 기막힌 조화를 빚는 자연을 닮은 사람들은 보는 것만으로 숲을 보듯 싱그럽다.

예전에 TV에서 방영하던 〈슈퍼밴드〉라는 밴드 오디션 프로그램을 본 적이 있다. 음악 천재들의 하모니가 너무 아름다워 그걸 들을 수 있는 요일이 참 행복했다. 그중의 한 멤버가 한 말이 무척 인상 깊었다.

"꼭 뛰어난 사람만 있어야 한다고 생각지 않아요. 저처럼 받쳐 주는 사람도 필요하다고 생각해요."

아쉽게도 우승팀이 되진 못했지만 그 멤버는 누구와 어울려도 잘 받쳐 주는 베이시스트로 승승장구했다. 뛰어남을 견주어야 하는 그 무대에서 너무 나의 잘남만을 내세우다가는 결코 오래가지 못한다. 너무 힘이 들어가 있으면 누가 봐도 편하지 않고 편하지 않은 건 아름답지 않기 때문이다. 누구보다 성실하고 주변을 배려하는 조화로운 성품을 가진 사람들은 꾸준히 주어진 자리에서 결국 빛을 낸다. 그런 사람을 어느 누가 미워할 수 있을까.

무조건 다 갖추고 혼자 빼어난 것이 능사는 아님을 숲에서나 사람살이에서 똑같이 배운다. 생강나무 잎과 칡 잎을 보며 서로를 위한 자리를 배려하느라 조금 못 갖춘 귀퉁이들을 맞추며 서로 다른 것들이 함께 모여 어우러지는 것이야말로 세상에서 가장 완벽하고 아름다운 조화로움이란 것을 다시 한 번 확인한다.

결핍이 만든 꿈

꽃에는 꿀이 있다. 이게 모든 사람이 꽃에 대해 갖고 있는 일반 상식이다. 나도 물론 그런 줄 알았다. 여름 내내 푸른색의 꽃을 피우는 닭의장풀을 보면서도 '참 특이한 색을 가졌네'라고만 생각했다. 보통은 푸른 빛깔의 꽃이 잘 없는데, 곤충들을 불러들이는 데 불리하기 때문이다. 그런데 이 꽃은 특이하게 푸른 꽃을 가진 걸 보니 분명 저만의 특별한 번식 전략이 있나 보다 얼핏 짐작만 했지 설마 꿀도 없을 줄은 생각지도 못했다. 게다가 향기까지 없다니 더욱 놀랄 일이다.

꽃의 향기는 꽃가루에서도 나는 것 같지만 주로 꽃잎에서 난다. 식물의 향기는 휘발성 기름 성분인 정유에서 나는데 각 식물에 따라 꽃, 잎, 줄기, 뿌리 등 향기 물질이 포함된 부분이 다르다. 대개의 꽃들은 보통 꽃잎에서 향기가 많이 나고, 허브식물들은 줄기나 잎에도 정유 성분이 있어 스치기만 해도 향기가 강하게 난다. 그럼 이 꽃은 꿀도 없는데 향기까지 없어서 어떻게 수분을 도와줄 곤충을 부를까? 이건 너무 불리한 선택 아닌가? 하지만 닭의장풀은 의외로 여름 내내 어디서나 흔히 꽃을 피우며 왕성한 번식력을 자랑한다.

생긴 모양이 닭의 벼슬을 닮았다고 해서, 혹은 닭장 근처에서 닭똥을 거름 삼아 잘 자란다고 해서 닭의장풀이란 이름이 붙었다는 설이 있는 이 꽃은 우리에게는 달개비라는 이름으로 더 익숙하다.

달개비와 같은 푸른색 꽃은 델피니딘이라는 색소에서 만들어진다.

푸른색은 우리가 동경하는 천상의 색깔이지만 가루받이를 해주는 다수 곤충들에게는 별 의미가 없다. 그들의 겹눈이 우리 인간의 눈과는 달리 완전히 다른 컬러 차트에 맞추어져 있기 때문이다. 이런 점에서 푸른 색조는 존재 이유를 보여 주지 못한 것이며, 따라서 식물의 꽃에게는

파란색 꽃과 노란 수술의 대비가 선명한 닭의장풀. 아래쪽 노란 수술 뒤 흰색 꽃잎이 보인다. 맨 아래쪽 길게 나온 것이 진짜 수술이고 가운데가 암술이며, 위로 노란 네 개의 헛수술로 곤충들을 유혹하여 수분한다.

없어도 되는 색이다.

<실은 나도 식물이 알고 싶었어> 안드레아스 바를라게, 애플북스, 131쪽

곤충은 우리 눈이 보는 것과 다른 방식으로 꽃을 본다. 인간은 가시광선을 통해 사물의 색깔을 구분하지만 곤충은 일부 가시광선뿐 아니라 꽃에 반사된 자외선을 통해 인간과는 다르게 색깔을 인식한다. 가령 분홍색이나 자주색 같은 안토시아닌이 유발하는 색은 곤충의 눈에는 아주 밝은 흰색으로 빛난다고 한다. 뿐만 아니라 꽃의 꿀샘 부분은 자외선을 아주 잘 반사하기 때문에 구름이 낀 어두운 날에도 곤충들은 꿀샘을 확실히 잘 찾아갈 수 있다. 그에 비해 푸른색은 곤충에게 그다지 매력적으로 빛나지 않는 색인 것이다.

향기도 꿀도 없는 형편에 달개비는 왜 이런 색을 선택했는지, 그럼 도대체 어떻게 수분을 하는지 궁금하지 않을 수 없다. 달개비는 두 장의 푸른 꽃잎 아래 숨은 흰 꽃잎을 배경으로 아주 선명한 노란 수술이 꽃의 역할을 하며 곤충을 불러들인다. 노란 여섯 개의 수술 중 앞쪽으로 가장 길게 늘어진 두 개의 수술 외엔 꽃가루가 거의 묻어 있지 않다. 일단 다른 네 개의 수술이 곤충을 불러들이면 이 헛수술에서 곤충들이 헤매는 사이 시간을 벌어 진짜 수술이 꽃가루를 묻히는 전략을 쓴다. 알면 알수록 참 특이하다.

　대부분의 꽃들은 가진 것이 달개비에게는 거의 없는 것 투성이다. 그런 채로도 너무나 당당히 피고 지는 어여쁜 달개비 꽃을 보며 그 모습 자체로 충분히 아름다우며 특별하게 느껴진다. 어쩌면 우리는 아무도 신경 쓰지 않는데 나만 공연히 내게 없거나 모자란다고 생각하는 것에 얽매여 스스로 주눅 들고 상처받아 왔는지도 모른다. 때론 그게 확연히 눈에 보이는 결핍이라 해도 자신만의 방식과 대안으로 다른 해결책을 찾는다면 이 달개비처럼 충분히 당당할 일 아닐까.

　달개비는 자신이 무엇이 부족한지 잘 알고 꿀이나 꽃잎 대신 수술로 강렬한 빛깔을 내 곤충을 불러들이고 그도 안 되면 자가 수정을 한다. 더불어 줄기 마디에서 뿌리를 내어 옆으로 풍성하게 번져간다. 또 여름 꽃이 시들고 가을 꽃이 만발하기 전인 7월에서 9월 사이, 말하자면 꽃들의 비수기를 택해 수분해 줄 곤충을 불러들여 경쟁률을 높인다. 이렇게 한계를 극복한 자의 여유와 당당함이 달개비 꽃의 푸른 빛에는 담겨 있다.

달개비를 보면 알 수 있다. 누구에게나 꼭 있어야만 하는 건 없다고. 그게 내게 없어도 결핍은 오히려 더 넓게 번져갈 꿈을 꾸게 하고 그것이 결국 삶의 지혜를 낳는다는 것을. 가진 것 없어도 좌절 대신 꿈꿀 자유를 선택한 푸르름이 더욱 당당해 보인다.

당나라 시인 두보는 나비가 푸른 날개를 펴고 앉아 있는 듯한 이 꽃의 모습에 매료되어 수반에 이 꽃을 키우며 '꽃이 피는 대나무'라 부르며 즐겨 보았다고 한다. 가진 것 하나 없는 미약한 존재가 누군가에겐 남다른 가치와 의미를 지닐 수 있는 것. 그렇게 태어난 나만의 삶이 누군가에게 다른 무엇과도 견줄 수 없는 남다른 가치를 가지고 의미 있는 존재가 된다면 그것으로 너무나 족하지 않을까.

누구보다 더 너를 지켜야 해

벚나무의 밀샘

벚나무에 꽃이 하롱하롱 지고 나면 푸릇푸릇 새 잎이 나온다. 그 잎들을 가만히 들여다보면 턱잎을 단 잎자루와 잎의 경계 부근 양쪽에 동그란 밀샘(꿀샘) 두 개를 발견할 수 있다.

사실 어른이 되어서도 벚나무뿐 아니라 복숭아, 자두나무, 살구나무, 봉선화, 참깨, 고구마, 호박 같은 식물에도 화외밀선(꽃 밖에 있는 꿀샘)이 있다는 걸 글로는 봤지만 실제로 관찰해 본 적은 없었다.

아이들에게 숲에서 나뭇잎을 보고 만지고 냄새 맡으며 새로 알게 된 것들을 이야기해 보라고 하면 "여기가 뾰족뾰족해요" 하고 톱니 같은 잎 가장자리를 가리키기도 하고, "여기 구멍이 있어요" 하고 애벌레들이 먹은 자국을 발견하기도 하고, "여기 볼록한 게 있어요" 하면서 밀샘을 가리키기도 한다.

어른이 돼서도 발견하기 힘든 것들을 아이들은 벌써 발견한 것이다. 이 아이들은 자세히 보는 일의 즐거움을 조금은 알게 될 것이다. 사물을 더 깊이 들여다보는 눈을 강화해 나가게 될 것이다.

그런데 볼록하고 동그란 게 개미에게 꿀을 주는 꿀샘이라고 설명하면서도 정작 나 역시 여기에 실제로 꿀이 맺혀있는 걸 본 적이 없었다. 그해 근무하던 숲엔 유난히 벗나무 가로수가 많아 이번엔 기필코 벗나무 밀샘의 꿀과 그 꿀을 먹으러 온 개미를 확인하고야 말리라 매일 눈독을 들였다.

그러던 어느 햇살 쨍쨍한 오후 드디어 보았다. 밀샘에 동그랗게 매달린 꿀 덩어리를. 너무 신기하고 반가워 얼른 핸드폰을 들이대고 사진을 찍었지만 아니나 다를까 선명하게 나오지 않았다.

근데 이 꿀이 과연 얼마나 달까? 너무 궁금해서 얼른 혀를 갖다 대 보니, 와우! 너무 놀랍다. 생각보다 밀샘에 동그랗게 맺힌 꿀의 농도가 너무 농밀해서 쓰윽 혀끝으

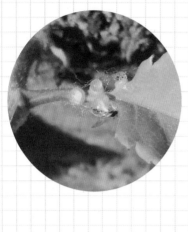

위: 벚나무의 밀샘에 꿀이 맺힌 모습. 밀샘은 보통 두 개씩 발달하는데 어린 잎들은
밀샘이 여럿이기도 하다. ⓒ서홍원
아래: 밀샘의 꿀을 먹으러 온 개미

로 딸려 오지 않을 정도로 끈적하다. 게다가 꿀이 놀라울 정도로 달다. 벌들이 모아 온 꽃꿀들은 좀 무겁고 깊은 단맛이 난다면 이건 마치 사탕의 단물 같은 쨍한 단맛이다.

"와, 정말 개미가 좋아할 만한 맛이네. 이제 여기 모여서 꿀 파티를 하는 개미를 보는 일만 남았군."

그리고 며칠 후 드디어 그 꿀샘에 엎드려 정신없이 꿀 파티를 하는 개미들을 발견했다. 역시 핸드폰을 꺼내 열심히 사진을 찍어봤지만 허사다. 그 조그만 개미가 먹고 있는 그보다 더 작은 꿀샘의 꿀이 쉽게 담길 리가.

왜 벗나무는 밀샘의 꿀을 만드는 것일까. 모든 식물은 진딧물을 비롯한 해충들을 싫어한다. 침같이 뾰족한 입을 사정없이 연한 줄기나 잎에 찔러 넣어 수액을 쪽쪽 빨아 먹는 진딧물은 나무나 꽃들에겐 매우 귀찮은 해충이다. 그런데 이 진딧물은 식물의 단백질만 취하고 당분은 배출한다. 수액만 먹다 보니 그 소화액이 당연히 달달해서 개미가 무척 좋아하는 먹이다. 때문에 개미들은 진딧물을 천적인 무당벌레로부터 보호해 준다. 무당벌레가 진딧물을 잡아먹으러 오면 떼로 달려들어 개미산을 발사하고 물어뜯고 난리를 치는 통에 무당벌레도 그만 포기하고 날아가 버리기 일쑤다. 진딧물은 개미가 자신을 지켜주는 걸 알기에 개미가 톡톡 건드리면 엉덩이를 들어 소화액을 배출해 나눠 준다. 이 얼마나 기막힌 공생이란 말이냐. 나무와 꽃 등 모든 식물에게 귀찮은 존재인 진딧물이 개미에겐 꿀을 주는 고맙고 귀한 친구인 셈이다.

벚나무는 자신을 지키기 위해 밀샘에서 아예 꿀을 만들어 개미에게 진상한다. 개미는 당연히 진딧물보다 더 많은 감로를 제공하는 벚나무를 선택하고 해충으로부터 벚나무를 지키는 보디가드 역할을 하는 공생관계를 맺는다. 참 오묘한 자연의 섭리가 아닐 수 없다.

벚나무가 자신을 지키기 위한 꿀샘을 만드는 걸 보며 문득 '나는 과연 나를 지키기 위한 어떤 방편을 가지고 있나?' 생각해 본다.

어처구니없게도 나는 나를 지켜야 한다는 생각도 없이 살아온 것 같다. 대책 없이 자신의 약점까지 스스럼없이 드러내 놓고 살아왔다.

중년의 나이가 돼서야 이제는 알 만하다. 말 많고 탈

66 밀샘을 만드는 벚나무와
개미처럼 공생관계를 맺는
사람들과 적당한 거리를 갖고
서로 필요한 것을 주고받으며
평화로운 관계를 유지하며
사는 것도 나쁘지 않으리라. 99

벚나무 밀샘

많은 세상, 굳이 내 약점을 드러내서 쓸데없는 위험에 노출될 필요가 없으며 굳이 구하지도 않는 충고를 해서 갈등을 만들 필요가 없다는 것을. 무엇보다 내 마음과 맞지 않는 사람과도 잘 지내야 한다는 그 마음에서 벗어나니 비로소 마음의 평온이 지켜졌다.

누구보다 더 나를 지켜야 한다. 누구도 함부로 나를 아프게 하지 않도록. 그렇게 잘 지켜진 몸과 마음의 건강함으로 뭐 특별할 것도 없는 가장 가까이 있는 내 사람들과 행복한 시간을 같이 하는 것, 인생에서 그것만큼 귀한 일은 없다는 것을 이제는 안다. 더불어 저 밀샘을 만드는 벚나무와 개미처럼 공생관계를 맺는 사람들과 적당한 거리를 갖고 서로 필요한 것을 주고받으며 평화로운 관계를 유지하며 사는 것도 나쁘지 않으리라. 더구나 나를 지키기 위한 방편이 이 벚나무 밀샘의 꿀처럼 누군가를 위한 먹이가 되고 배불리는 삶이라면 더없이 풍요롭지 않겠는가. 나를 지키는 가시보다 꿀을 택한 벚나무의 지혜를 닮은 삶이고 싶다.

세상 속으로 자연스레 스며들기

| 물푸레나무

물에 풀면 푸른 물이 풀린다 하여 물푸레나무, 그게 내가 알고 있던 물푸레나무에 관한 상식의 전부였다. 그러나 정작 한 번도 물에 풀어 본 적은 없었다. 어느 초여름 싱싱하게 물이 오른 물푸레나무 가지를 물에 풀어 보기로 했다. 숲가 계곡으로 들어서니 푸르른 물푸레나무의 모습이 눈에 들어왔다.

물푸레나무는 물을 좋아해서 주로 계곡이나 냇가에 많이 자라는 터라, 계곡 근처엔 물푸레 씨앗이 여기저기 날아가 작은 물푸레 연한 녹색 잎이 여기저기 귀여운 모습으로 흩어져 나 있다. 그 잎을 자세히 보면 맨 앞에 제일 큰 언니 잎 하나, 그 뒤에 마주 보고 있는 중간 크기의 두 개의 잎, 그 뒤엔 제일 작은 막내 잎 두 개가 마주 나 있는 재밌는 모양새다. 이걸 보고 보통 사람들은 잎이 여러 개라고 생각 할 수 있지만 이렇게 모여 있는 것이 하나의 잎이다. 하나의 잎자루에 깃털처럼 붙어 있다고 깃꼴겹잎이라 부른다. 멀리서 보면 가시가 없는 회갈색 수피에 하얀 줄이 가로로 죽죽 그어져 있는 물푸레나무의 모습이 눈에 띈다.

가지 하나를 잘라 준비하면서 이 딱딱한 나뭇가지에서 어떤 느낌으로 푸른 물이 풀리는지 너무나 궁금했다. 아는 건 아는 거고 해 보는 건 전혀 다른 차원의 것이다. 다 아는 것 같아도 막상 체험해 보면 남다른 기억으로 남는 게 자연이다.

그래서 식물들의 꽃이나 열매를 만나면 보고, 만지고 향기 맡고, 먹어보고 최대한 그 친구를 잘 알 수 있도록 오감으로 느껴 본다. 종종 자연의 빛깔과 향기와 맛에서 예상치 못한 황홀한 느낌을 받기도 하고, 그때부터 그냥 그러려니 하던 것들이 갑자기 특별해지는 순간들을 맞는다. 한번 상상해 보시길. 세상 여기저기에 내게 특별한 것들이 하나둘 생겨나기 시작하는 그 기적 같은 날들을.

푸르른 물푸레나무잎

숲의 가려진 아름다움을 발견하는 건 얼핏 봐서는 잘 보이지 않는 삶의 아름다움을 발견하는 것과 다름없다. 물푸레나무를 물에 풀어 보고 난 다음부터 물푸레나무는 나에게 아주 특별한 존재가 되었다. 그 경이로움이 눈을 감아도 보이는 듯하고 그 아름다움을 만난 순간이 문득문득 그립다. 마치 쉽게 만나기 어려운 너무도 아름다운 사람 하나 스쳐지나다 만났던 것처럼.

당시 근무하던 수목원엔 숲의 물길이 졸졸 연결돼 흐르도록 기다란 통나무를 반으로 갈라 가운데에 홈을 파서 물길을 낸 여러 개의 나무 수통이 있었다. 비가 자주 오지 않아 물이 거의 말라 있었고 수통 바닥엔 검푸른 이끼가 자라 좀 거무튀튀해서 보기에 그다지 좋진 않았다.

큰 기대 없이 물푸레나무 가지의 껍질을 벗겨 담가 보았다. 처음엔 얼핏 보기에 아무런 변화가 없어 보였다.

"응? 뭐야, 아무것도 안 나오잖아?"

"아니야, 나오고 있잖아. 자세히 봐."

순간 깊은 감탄이 터져 나오고 말문이 막혔다. 그 얇은 나무껍질에서 마치 안개 같은 쪽빛 물이 언제 나오는지 모르게 스르르 풀려 나오는데 이렇게 오묘한 느낌과 색감은 본 적이 없다. 처음엔 존재를 알아차리지 못할 정도로 희미한 안개가 물 위에 슬며시 얕게 드리우다가 어느새 눈을 들면 안개로 온통 휩싸이듯이 점점 존재감을 드러내며 짙어지는 모습이 너무 아름다웠다. 그건 마치 어디서 시작되는지 알 수 없던 안개가 처음 태어나 스르르 풀어지는 신비를 눈앞에서 목격하는 기분이었다.

신비한 푸른 빛깔은 검푸른 이끼 위라 더 선명했으며 나무 수통과 너무나도 자연스럽게 어울렸다. 더 기막힌 건 그 어두운 바탕에 선명하게 풀린 쪽빛 위로 하늘과 나뭇잎의 그림자가 담기는 게 아닌가. 너무나 황홀한 풍경이 한순간에 훅 가슴을 치고 들어와 나도 모르게 깊은 숨이 편안히 쉬어졌다. 때로 너무 아름다운 시나, 풍경, 노래를 우연히 접하면 나도 모르게 단전에서부터 아주 긴 숨이 편안하게 쉬어진다. 그럴 때마다 그동안 숨가쁜 일상을 살고 있었구나 새삼 깨달으며 고요하고 평온한 긴 숨을 달게 쉬게 된다. 물푸레나무의 푸른 빛을 보면서도 나는 오랜만에 평온하고 긴 숨을 쉬며 오래 그 모습을 들여다보았다.

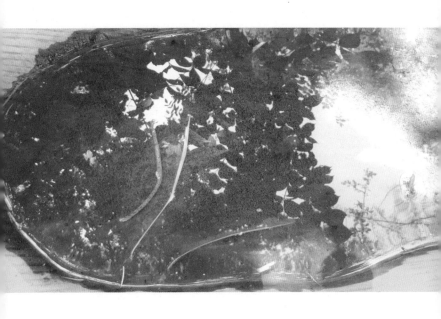

물푸레나무가 물에 풀리는 모습

누군가는 물푸레나무를 물에 풀어 보았으나 물이 많은 개울이었다면 색감이 희석돼 푸른 물 따위 나오지도 않더라고 할 것이고, 누구는 검푸른 이끼 위가 아니라면 그 푸른 물이 풀리는 환상적인 느낌과 고유의 색감이 잘 보이지 않아 그다지 아름다운 줄 몰랐다고 할 것이다. 게다가 그 물빛에 담긴 나뭇잎과 하늘, 자연을 옮겨 담은 그 오묘한 빛과 모양의 조화로움이라니….

하지만 이 순간은 다시 돌아오지 않는다. 세상 모든 일이 그러하듯이. 이 풍경을 보려면 그때의 나무 수통의 메마름과 검푸른 이끼, 그 위를 둘러친 나뭇잎들과 하늘. 무엇보다 싱싱하게 물이 오른 물푸레나무, 이 모든 조건이 딱 맞아야만 한다. 그러니 그 한순간이 어찌 귀하지 않을까.

그래서 이런 아름다움과 조우할 때면 가슴이 뭉클해진다. 세상엔 미처 내가 발견하지 못한 이런 풍경들이 속속 숨겨져 있다고 생각하니 지치고 힘든 삶도 한결 여유로워지고 아름다워 보인다. 이제 생의 어느 한때 이렇게 아름다운 순간을 맞게 되면 다시 오지 않을 그 시간의 귀함을 알고 그냥 흘려버리지 않으리라. 우리가 과거도 미래도 아닌 현재를 살아야 하는 이유다. 지금 이 순간을 맘껏 즐기고 기뻐하고 사랑해야 할 이유다.

　우리가 세상에 스며들 때 이 물푸레나무 같았으면 좋겠다. 처음엔 특별히 의식하지 못할 정도로 튀지 않고 아주 섬세하게 서서히 스며들다가, 점차 자신만의 아름다운 빛깔로 서서히 안개가 번지듯 주변을 감싸고 어느새 세상 풍경을 비추어 담을 수 있으면 좋겠다.

　물푸레나무가 물이 좋아 물가에 살 듯, 삶이 좋아 그 속에 발을 담그고 자연스럽게 스며들고 싶다. 때론 나만의 특별한 빛깔로 뜻하지 않은 감동을 주고 더불어 다른 이들의 삶도 아름답게 담아내는 그런 삶이었으면 좋겠다.

　사람은 매일 바라보는 것을 닮는다. 물푸레나무 아름다운 푸른 빛을 오래 들여다보며 나는 요즘 무엇을 바라보며 닮아 가고 있는지 고요히 되돌아본다.

가을

아주 작은 잎 하나가 견디는 생의 무게

산초나무와 에사키뿔노린재

가을의 첫 자락에 우연히 보았다. 산초나무 잎 위에 얹힌 너무나 선명하고 아름다운 하트. 에사키뿔노린재 두 마리가 등 위에 선명한 하트 무늬를 달고 한참 짝짓기에 열중하고 있었다. 얼마나 열중하고 있던지 우리가 연신 카메라 셔터를 눌러 대도 꼼짝도 않았다. 아주 중한 일을 하고 있는 두 생명체 앞에서 이 무슨 경망이냐 싶으면서도 너무나 아름다운 자태에 넋을 놓고 셔터를 누르지 않을 수 없었다.

이렇게 짝짓기를 열심히 하던 녀석이 어느 날 보니 알을 낳았다. 처음엔 알이 투명한 연두색이더니 점점 꺼뭇꺼뭇 색깔이 진해지고 고물거리며 형체가 나오기 시작했다. 어미의 하는 양을 보니 투명한 알일 때부터 새끼를 품고 꼼짝을 않더니 제법 꺼뭇해진 다음에도 까딱않고 새끼들을 품고 있었다. 철없는 새끼들은 세상 무서운 줄도 모르고 어미 품을 비질비질 벗어나려 하는데 어미는 이제 제 한 몸으로 감싸기도 버거운 어린것들이 행여 천적에게 먹히기라도 할까 봐 어거지로 품고 있는 형세였다.

그러다 어느 날 발견한 에사키뿔노린재 애충들. 도대체 몇 마리나 이 산초 잎 하나에 붙어 있는 건지, 하나 둘 셋 넷 세다가 포기하고 말았다. 포개져 있는 녀석들도 있어 헤아리기 힘들 정도였다. 보통 한번에 70~120여 개 정도의 알을 낳는다고 하니 너무 많아 세다가 포기할 만도 하다.

산초 잎은 잎자루 하나에 깃털 같은 잎이 조르륵 붙어 있는 깃꼴겹잎인데 잎 하나하나가 정말 작아 아주 큰 건 5센티미터 정도라고 하지만 실제로는 1.5~2센티미터도 채 안 되는 것이 많다. 산초와 초피나무를 보통은 잘 구분하기 어려운데 산초나무는 가시가 어긋나고 초피나무는 가시가 마주보는 게 다르다. 작은 열매가 동그랗고 파랗게 열리면 따서 장아찌를 만들기도 하고 씨앗이 까맣게 잘 숙성되면 기름을 짜서 식용유로도 쓰고, 각종 탕 요리에 향신료로도 쓴다. 향을 내는 성분은 열매 껍질에 있는데, 흔히 추어탕에 주로 뿌리는 가루가 산초나 초피나무 열매 껍질 가루다. 시중에 쓰이는 것은 대개 초피가루인 경우가 많지만 둘 다 향신료로 산초라 불리며 추어탕에 많이 쓰이는 이유는 이 가루 성분이 향을 더할 뿐 아니라 속을 따뜻하게 하고 생선 비린내를 없애기 때문이다.

산초 잎은 옛날엔 집 주변에 심어 놓으면 모기가 모여들지 않는다 하여 모기향 대용으로 쓰였다. 그래서 요즘도 숲에 들어서기 전 어른 아이 할 것 없이 산초 잎 한두 개를 뺨이나 이마, 코 등에 붙이면 얼굴 표정이 확 달라지는 재밌는 자연체험이기도 하고 모기도 쫓으니 일석이조다. 게다가 잎을 살짝 뭉개서 향을 맡아 보면 특유의 싸하고 향긋한 향도 일품으로 아로마테라피가 따로 없다.

사람에게 이렇게 유용한 작고 여린 잎 하나가 또한 이렇게나 많은 생명의 무게를 감당하고 있다니. 놀랍고도 걱정스러워 슬쩍 가지에 붙은 잎자루 끝을 만져 본다. 혹여나 뚝 떨어져 버리지 않을까 하는 나의 기우와

에사키뿔노린재의 짝짓기 ⓒ박현희

는 달리 애충들은 세상 무너질 일 없다는 듯이 온몸을 저 작은 산초 잎 하나에 맡기고 안온하다.

그러나 이 시기도 지나고 나니 어느새 무늬까지 흐릿하게 생기기 시작한 새끼들이 고물거리며 산초나무 가지 사이를 이동한다. 웃기는 건 이 녀석들이 움직일 때 혼자 움직이지 않는다는 것이다. 어딜 가든 '우린 형제요' 하듯이 줄을 지어 같이 움직인다. 줄지어 조르륵 이동하는 녀석들의 앙증맞은 모양새를 보며 절로 미소가 떠오른다.

왜 이렇게 같이 움직이는 걸까? 이유는 천적에게 집단으로 방어 페로몬을 발사하기 위해서다. 아직 개체가 어려서 천적에 대항하는 방어력이 약하고 천적이 싫어하는 방어 페로몬도 냄새가 미약하니 함께 덩어리로 움직이며 집단 페로몬을 풍기는 것으로 살아남기를 도모하는 것이라고 한다. 하긴 개미들을 비롯해서 산초나무에 거미줄을 친 닷거미와 거미줄을 안 치고 돌아다니며 애충을 노리는 깡충거미까지 이 약충을 노리는 곤충들이 너무 많아 그 많은 애충들이 살아남기란 여간 어려운 게 아니다.

산초나무 꽃과 열매

66 작고 여린 잎 하나가 또한
이렇게나 많은 생명의 무게를
감당하고 있다니. **99**

에사키뿔노린재가 한살이를 하는 동안 산초나무는 그들이 알을 품고, 태어나고 적에게 들키지 않게 은신처가 되어 주고 심지어 먹이로 몸을 내주고 있다. 한 해 동안 작은 산초나무 한 그루에서 실잠자리의 알, 호랑나비 애벌레들이 나고 자라고 선녀벌레와 갈색날개매미충이 한살이를 하는 것을 지켜보았다.

자세히 들여다보면 볼수록 그 생명들의 수효는 헤아릴 수 없을 정도로 많다는 걸 짐작할 수 있다. 산초나무 한 그루의 깃털 같은 작은 잎들은 무수한 생명들의 무게를 그 자그마한 몸으로 오롯이 감당하고 있다.

그 수많은 생명들에게 산초나무는 얼마나 큰 존재이며 소중한 삶의 터전일까. 그 무게를 견디는 삶이 그저 상실이 아니었음을 셀 수 없이 많은 생명을 키우는 산초나무에게서 배운다.

산초나무처럼 아무런 대가 없이 나를 다 내어놓고도 이렇게 평온하게 잎을 내고 꽃을 피우고 씨앗을 맺는 한 생애를 흔들림 없이 담담하게 살아갈 수 있다면 신은 내게 "다 이루었다" 하실 것이다.

너를 지켜 줄 공간이 네 안에 있니

| 수세미

어릴 적 시골 할머니 댁에선 설거지할 때 항상 수세미를 썼다. 공산품도 잘 없었던 시절, 전기도 안 들어오던 어두컴컴한 부엌 흙바닥에서 아직 어렸던 고모가 그 많던 식구들의 그릇을 수세미로 닦던 기억이 난다. 겨울이면 얼음이 낀 물을 떠다 가마솥에 덥혀 써야 하는데, 물이 모자라면 얼음 서린 물에 꽁꽁 언 손을 호호 불며 설거지 하던 고모의 빨갛던 손이 기억난다. 그땐 설거지 하나도 그렇게 쉬운 일이 아니었지만 이상하게도 힘든 기억보다 그 풍경이 포근하게 기억된다. 아마도 아궁이에 향긋한 나무 때던 냄새와 솔솔 피어 오르던 연기와 불길로 훈훈히 데워지던 부엌의 온기, 흙벽에 일렁이며 무

늬를 만들던 사람과 불길의 그림자들, 두런거리는 사랑
하는 사람들의 목소리, 그런 것들이 따스한 온기로 기
억을 채우고 있기 때문이리라.

가마솥에 밥을 하거나 물을 데우고 나면 아궁이엔 항상
반딧불처럼 불빛이 반짝반짝하던 숯불이 남았다. 거기
에 고구마를 묻어 두었다 꺼내 먹던 기억들. 뜨거운 숯
불에서 꺼내 숯 깜장 칠 해가며 호호 김을 불어 먹던 그
고구마 맛은 지금 아무리 맛있는 종류의 고구마가 많
아져도 따라갈 수가 없다. 그 기억 때문일까. 지금도 겨
울이면 고구마를 즐겨 먹는데 맛에 대한 기억은 어쩌면
단순히 미각에만 달린 게 아니라 그때의 분위기, 냄새,
함께 했던 사람, 그 장소 그 모든 기억이 합쳐진 것인가
보다.

　어두컴컴한 부엌에서 산에서 긁어 온 잔솔가지들을
불쏘시개 삼아 밀어 넣고 불을 붙여 싸리나무를 때면
타닥타닥 나무 타는 냄새가 향긋했다. 할머니 집 대청
마루 아래 기단 굴뚝에선 밥 짓는 연기가 하얀 안개처
럼 뭉개뭉개 퍼져 오가던 식구들의 발아래를 맴돌다 흩
어지곤 했다. 아궁이 앞에 앉아 불을 때면 마음이 참 차
분해지면서도 고요한 일렁임이 일었다. 그건 그리움 같

기도 하고 미지의 세계에 대한 설레는 기대 같기도 하고 친구들과의 즐거운 추억 같기도 했다. 그 시간의 향기가 아직도 마음에 남아 그 시절들을 그리워하게 된다.

수세미도 나에겐 그런 포근한 기억 속의 존재였는데 훗날 수세미라는 식물을 보곤 진짜 의아했다. 내가 알고 있는 수세미가 정말 저 열매가 맞아? 도대체 저 길쭉둥글하게 매달려있는 수세미에서 어떻게 옛날 부엌에서 그릇을 닦던 그 수세미가 나온다는 건지 도통 상상이 가지 않았다.

수세미는 길쭉한 오이처럼 생겼는데 오이보다 더 크고 통통하고 길쭉하며 세로로 골이 깊다. 덩굴손으로 주위의 나무나 기둥을 감아 올라가는데 예전엔 설거지할 수세미를 얻기 위해 집 담장에 많이 올려 키우던 식물이다. 요즘은 공원 터널 같은 곳에 덩굴을 올려 자연체험용으로 많이 길러서, 시원한 그늘과 주렁주렁 늘어진 열매에 도심 숲에서도 자연을 느낄 수 있다. 잎은 털이 많고 거칠며 커다란 손바닥 모양으로 갈라지고, 8월경에 노랗고 큰 꽃이 피고 9월 경 수확할 수 있다. 수세미는 비타민이 풍부해 피부 미백에도 좋다고 한다. 덩굴

줄기에서 나오는 즙액으로 화장수를 만들기도 하고, 식이섬유소가 풍부하여 건강에도 좋은 열매다. 그래서 얇게 저며 말렸다가 차로 마시기도 하고 요리하면 단맛이 나기 때문에 무치거나 볶아서도 먹고 즙으로 마시기도 하는 쓰임이 많은 열매다.

어느 가을, 동료 선배님이 잘 생긴 수세미를 몇 개 가져오셨다. 신이 나서 따라 나갔더니 나무 방망이로 잘 말린 수세미 껍질을 사정없이 타작하듯 두드리신다. 그렇게 열심히 두들겨 껍질이 다 부서져 떨어지고 나니 비로소 얼기설기 촘촘한 섬유질 구조가 드러나 영락없이 어릴 적 할머니네 부엌에서 보았던 그 수세미다.

실용적인 모든 것이 이미 다 공산품으로 대체된 요즘, 집집마다 부엌 개수대에 수세미란 이름을 단 수많은 재질의 설거지 용품들이 있는데 그 구조는 말할 것도 없이 이 수세미의 구조를 그대로 본 뜬 것이 많다. 공산품이야 쓰지 않고 놔두면 새 것 같을 수 있지만 만들어 놓은 지 몇 년이 지난 수세미가 여전히 그대로 탄성을 유지하는 것을 보면 놀랍다. 그러다가도 물에 넣으면 금세 말랑말랑해지고 거품도 잘 인다. 그걸 또 말려

위: 잘 마른 수세미 열매 껍질을
두들겨 수세미 만들기
아래: 수세미 열매

수세미 꽃

66 수세미는 한살이 동안 거친 바람과 강렬한
햇빛과 폭우 등 온갖 외부 자극을 받으며
겉껍질이 젖고 마르고 부수어지지만 그것도
어디까지나 수세미의 계획이었을 뿐이다. 99

놓으면 구멍이 얼기설기 뚫려 있어 건조가 잘되고 원래
의 형태로 복귀가 되니 이렇게나 깨끗하고 유용한 구조
에 감탄한다. 설거지를 하고 놔둔 수세미가 다시 둥그
렇게 본래의 탄성을 회복하고 보송보송해진 것을 만지
작거리며 문득 그 탄력 있는 회복력이 너무나 부럽다.

　내 안에도 이렇게 탄성 좋은 공간이 있어 물에 젖어
도 찌그러져도 다시 보송보송 쾌적한 상태로 돌아올 수
있다면 얼마나 좋을까.

　수세미는 한살이 동안 거친 바람과 강렬한 햇빛과
폭우 등 온갖 외부 자극을 받으며 겉껍질이 젖고 마르
고 부수어지지만 그것도 어디까지나 수세미의 계획이
었을 뿐이다. 수세미는 그 모든 외부의 자극을 걸러 줄
탄성이 좋고 회복성이 좋은 섬유질 조직을 껍질 아래
만들고 송송 길게 구멍을 만들어 그 안에 씨앗을 품는
다. 어떤 자극이 와도 그 자극에 망가지지 않도록 씨앗
을 잘 지키기 위한 공간을 미리 계획해 놓은 셈이다. 그
렇게 수세미가 다 자라는 동안 오히려 겉껍질이 남김없
이 다 마르고 부서져야 비로소 얼기설기 구멍이 뚫린 섬
유질 공간이 드러나 그 속에 알알이 영근 씨앗이 여행할
기회가 주어진다. 씨앗은 수세미에게 있어서 본질이다.

꽃도 열매도 이 씨앗을 맺고 퍼트리기 위해 있는 것이니 수세미의 통기성이 좋은 섬유질 공간은 본질을 잘 감싸고 지켜 남기기 위한 수세미의 계획인 셈이다.

수세미의 한살이처럼 우리도 한 생애 동안 여러 가지 크고 작은 삶의 자극에 노출된다. 때로 견디기 힘든 삶의 가혹한 시련부터 일상의 자잘한 자극들까지 사는 내내 우린 그것들에 노출될 수밖에 없고 완전히 피해 갈 방법은 없다. 그런 원치 않는 자극으로 때론 소중하게 지키고 싶은 내 삶의 가치와 태도를 위협 받고 사사롭게는 감정의 평온을 위협 받기도 한다.

말랑말랑 수세미의 탄성이 좋은 섬유질 공간은 여기에 대한 해답을 어렵지 않게 던져 준다. 나도 이 섬유질 공간처럼 내 본질이 상처 받지 않도록 잘 지켜줄 탄성 좋고 회복력이 좋은 공간이 내 안에 필요했던 것이다. 그리하여 어떤 자극이 와도 속수무책으로 휘둘리지 않고 나를 지킬 수 있어야 했다, 어쩌면 지금껏 수세미만큼도 몰랐던 것이다. 인생은 늘 화창한 햇빛이 적당히 내리쬐는 안온한 꽃밭이 아니라는 것을.

어리석게도 이제서야 겨우 그런 공간에 대해 생각하

고 안온한 내 안의 뜰을 만들기 시작했다. 진작에 그런 생각을 했더라면 지금쯤 제법 큼지막하고 바람 잘 통하는 그럴듯한 공간이 내 안에 있어 세상의 자극에서 나를 보호하고 조금 덜 휘둘리며 살았을 텐데. 쉰, 하늘의 뜻을 안다는 지천명이 되고서야 조금씩 자연의 순리를 통해 배운다.

험난한 세상, 누구나 마음속에 자신을 지켜 줄 작은 공간 하나가 필요한지도 모른다. 그렇게 내 본질과 감정을 잘 지킬 수 있을 때 오는 여유와 평온함으로 주위를 한결 더 편안하고 부드럽게 감싸 주는 완충지대 같은 역할을 할 수 있다면 시간이 흐를수록 더 잘 익어 간다는 말이 전혀 아깝지 않은 삶이 될 것이다.

넌 수많은 별을 품고 있는 우주야

│ 코스모스

그리스어로 '코스모스Kosmos'는 질서를 뜻하는 말로 '카오스Kaos' 즉 무질서, 혼돈과 대비되는 말이다. 우리가 알고 있는 코스모스 꽃은 이렇게 질서와 조화를 갖는 우주 또는 세계란 뜻을 품고 있다.

가을에 하늘거리는 코스모스 꽃을 보며 어찌하여 이 가녀린 꽃에 우주라는 거창한 이름이 붙었을까 문득 궁금해진다. 자연 앞에 서면 모든 게 궁금하다. 알아 갈수록 미처 알지 못했던 누군가의 아름다운 내면의 진실을 알게 되는 것처럼 감동과 기쁨이 교차된다. 그건 자연과 친구가 된 사람들만이 누릴 수 있는 가장 큰 특권이다.

코스모스의 의미를 찾다보니 놀랍게도 이 꽃은 신이 맨 처음 창조하신 꽃이란 이야기도 있다. 신이 맨 처음 만든 꽃, 질서와 조화를 가진 우주 코스모스라니!

도대체 얼마나 대단한 질서가 이 코스모스 안에 들었을까? 코스모스 속에서 우주를 보고 싶어 꽃잎부터 줄기, 잎까지 꼼꼼히 살펴보다 속이 궁금해 루페로 자세히 들여다보았다. 이럴 수가! 거기에 진짜 우주가 펼쳐져 있는 게 아닌가. 꽃 속이 온통 총총 별이 떠 있는 별무리들이다.

"세상에, 너 진짜 별을 가득 품고 있는 우주였구나."

너무 놀랍고 즐거운 발견이다. 이 가녀린 꽃 한 송이에 이렇게나 많은 별이 떠 있다니. 겉으로 보이는 붉고 흰 꽃잎들은 혀를 내민 모양이라 설상화라 불리는데 씨앗을 맺지 못하는 무성화다. 안쪽 둥근 황색의 작은 꽃무리가 통상화(관상화)라 불리는 씨앗을 맺는 양성화 꽃인데 자세히 들여다보면 다 별무리들이다. 모든 국화과 꽃이 다 그러하듯 진짜 꽃은 바깥쪽 설상화가 아니라 안쪽 통상화인 것이다. 그렇다면 한 송이로 보이는 코스모스 꽃은 셀 수 없는 꽃 무더기가 모여 있는 셈이다. 대체 몇 송이일까? 숲길을 가다 코스모스를 보면 한 번

세어 봐도 좋겠다, 이 어마어마한 꽃무리들을.

이것은 말할 것도 없이 꽃의 번식 전략이다. 아주 작은 꽃들이 둥글게 모여 있어서 곤충들이 한꺼번에 수분해 주기 좋은 구조요, 바깥쪽 설상화가 색깔이 선명하니 곤충을 불러들이기에 딱 좋기 때문이다.

이 통상화는 아직 피어나지 않은 꽃 몽우리도 정확히 별 모양이고 활짝 피어난 모양새 또한 정확히 별 모양이며, 갈색 수술 위에 얹혀 있는 암술 또한 별 모양이다. 갓 피어난 코스모스 꽃 한 송이를 들고 속을 유심히 확대경으로 보거나 휴대폰으로 확대해서 사진을 찍어 보면 수많은 별들이 총총 떠 있는 황홀한 우주를 볼 수 있다.

게다가 이 꽃 몽우리들은 바깥쪽부터 아주 질서 있고 조화롭게 차례차례 핀다. 역시 꽃이 갓 피어났을 때가 정말 완벽한 별 모양인데, 모든 통상화가 별 몽우리일 때 딱 만나 사진을 찍을 확률은 얼마나 될까. 정확한 별 모양의 코스모스를 만나는 것은 정말 신의 걸작을 너무나 운 좋게 만나는 것임에 틀림없다. 눈을 뗄 수가 없는 코스모스의 별무리를 처음 본 날의 기쁨은 아직도 생생히 남아 다른 자연들도 더 자세히 오래 들여다볼

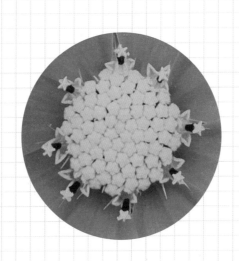

코스모스 별무리 통상화

수 있는 힘을 준다. 알면 알수록 자연은 너무 신비롭다.

사람 중심으로만 돌아가는 세상은 마냥 아름답지도 않고, 늘 황홀한 꿈만 꿀 수도 없다. 하지만 이렇게도 사랑스러운 이야기들을 품고 있는 자연과 친구가 되고 나면 이제껏 이 많은 아름다움을 어떻게 하나도 눈치채지 못하고 살았는지 믿을 수 없을 만큼 세상이 온통 아름다운 것들로 꽉 찬다. 충만함이란 감정이 처음으로 영혼 가운데 자리 잡는 순간이 온다. 그러니 사람만 이 세상에 살고 있는 듯, 힘들고 지칠 때 사람에게서만 위로를 받을 수 있다고 생각하는 이들이 안타깝다.

우리에겐 매일 별다를 게 없는 것 같은 하루하루지만 변화무쌍한 자연은 하루도 똑같은 날이 없다. 그 신비하고 아름다운 변화는 우리에게 어린아이와 같은 호기심을 되찾게 하고 지쳐 있던 몸과 마음에 생기를 불어넣는다. 숲 체험을 이끌면서 사람들에게 코스모스를 자세히 들여다보라고 하면 감탄을 금치 못한다. 꽃 속에 얼굴을 묻고 "와, 진짜 별이다!" 하고 꽃 속의 별을 본 기쁨에 탄성을 지른다. 어찌 아니 기쁠쏘냐. 우리는 신이 만든 우주 속의 별을 보고 있다.

> 거기에 진짜 우주가
> 펼쳐져 있는 게 아닌가.
> 꽃 속이 온통 총총 별이
> 떠 있는 별무리들이다.

코스모스

신은 놀라운 아름다움을 이 한 송이 꽃에 숨겨 놓으셨다. 세상의 모든 창조물이 다 그러하다. 자세히 들여다보면 아름답지 않은 것이 하나도 없다. 우리도 그러하다. 믿는 신이 누구든 우리는 그 신이 가장 공들여 만든 작품이 아닌가. 우리는 그저 한 송이 꽃에 지나지 않지만 온 우주를 담고 있다. 그 우주는 신이 태초에 만드신 것처럼 조화와 질서가 가득하다.

그렇다면 인간다운 우주의 질서와 조화란 무엇일까? 그건 너도 나도, 나무와 꽃과 새도, 아기와 고양이도 하나의 완전한 우주라는 사실을 인정하고 서로 존중하는 일이 아닐까?

가을, 한 송이 코스모스 앞에서 신의 손길을 느끼며 꽃을 보듯 나를 유심히 들여다본다. 코스모스의 아름다움에 눈 뜨듯 내 안의 아름다움을 깨닫고 우주의 조화로운 이치를 품고 살 수 있다면 이보다 더 아름다운 생은 없을 것이다.

눈물 한 방울 달고 가는 생

| 달뿌리풀 나뭇잎 배

"낮에 놀다 두고 온 나뭇잎 배는 엄마 곁에 누워도 생각
이 나요. 푸른 달과 흰 구름 둥실 떠가는 연못에서 사알
살 떠 다니겠지."(〈나뭇잎 배〉, 박홍근 작사)

　이 노래를 나지막이 부르면 이상하게 마음이 애잔해
진다. 음률 때문일까? 이제는 다시 오지 못할, 종이배 띄
우고 놀던 철없던 어린 시절이 그리운 걸까?

　어릴 적 시골에서 자란 나는 시냇가에서 해 지는 줄
도 모르고 종이배를 만들어 띄우고 놀았던 추억이 있
다. 요즘 같이 코팅이 잘 된 종이도 드물던 때였다. 그때
어린아이가 간단히 접어 만드는 어설픈 종이배는 얼마
나 쉽게 가라앉는 것인지, 종이배를 띄울 때마다 금세

가라앉을까 봐 가슴이 조마조마했다.

종이배가 살살 흘러가다 작은 여울물을 만나 위태롭게 곤두박질칠 것 같으면 내가 사정없이 넘어질 것처럼 가슴이 쿵쾅댔다. 하지만 영락없이 곤두박질치겠구나 싶은 그 순간 배가 용케 균형을 잡고 오뚝 서서 어느새 편안한 물길에 실려 두둥실 흘러갈 땐 마치 내가 쏜살같이 물살을 가르는 것처럼 너무나 신이 났다. 그 배를 따라 정신없이 뛰어가다 신발이 벗겨진 줄도 모르고 얼마나 환호성을 질렀는지. 왜 그렇게 그 배가 가라앉지 않고 잘 흘러가는 게 좋았는지 모른다.

내 종이배는 얼마나 오래 가라앉지 않고 먼 길을 잘 떠갔을까? 눈 앞에서 사라져 간 종이배가 엄마 곁에 누워서도 내내 생각이 났다. 까무룩 잠이 들기 전 내가 가보지 못한 낯설고 신기한 세상 속으로 종이배가 훨훨 떠가는 상상을 했던 것 같다.

이제 어른이 되어 다시 나뭇잎 배를 만들어 본다. 근무하던 수목원에 중앙 화단을 감싸는 작은 수로가 있는데 그 한 편에 핀 달뿌리풀을 이용했다. 달뿌리풀은 얼핏 보면 갈대나 억새같이 생겼다. 보통 사람들은 이들

을 구분하기가 쉽지 않은데 흔히 물가에 머리 풀어헤친
것 같이 꽃 이삭이 큰 것이 갈대고, 산이나 들에 새초롬
이 잘 빗은 머리칼처럼 생긴 하얀 꽃 이삭이 억새다. 달
뿌리풀은 꽃 이삭이 원뿔형으로 생겼고, 냇가나 강가의
모래땅에서 무리지어 잘 자라는데 땅 위로 기는 줄기 마
디에서 뿌리가 내리며 퍼지는 모습이 갈대나 억새와 가
장 눈에 띄게 다른 차이점이다. 이 달뿌리풀 줄기를 감
싼 잎으로 나뭇잎 배를 만든다. 만드는 방법은 사람마
다 다르겠지만 나는 〈열두 달 자연놀이〉(밤나무, 보리)라
는 책에서 소개된 방법으로 만들었다. 우선 길쭉한 나
뭇잎 양쪽 끝을 안쪽으로 살짝 접어 넣은 다음, 접힌 부
분을 세 등분으로 나눠 양끝 두 부분을 세로로 찢어 맞
물려 끼우는 방식이다.

작고 푸른 나뭇잎이 접히고 맞물린 모습이 자체로
아름다운 문양을 만들며 너무 앙증맞다. 달뿌리풀 잎자
루가 노처럼 보이는 게 꽤 그럴 듯하다. 밤나무 잎으로
배를 만들면 가장자리의 톱니 같은 거치 모양이 겹쳐지
며 섬세한 무늬를 만든다.

과연 이 작디작은 나뭇잎 배가 물 위를 잘 떠갈 수

달뿌리풀로 만든 나뭇잎 배

있을까? 어린아이 같은 기대감으로 흐르는 물 위에 살포시 놓아 본다. 물 위를 슬쩍 미끄러져 가는 나뭇잎 배, 그런데 띄우자마자 서로 겹쳐 놓은 나뭇잎 틈새로 물이 스르르 스며든다. 순식간의 일이었다.

'금세 물이 스며드는 걸 보니 금방 가라앉겠네.' 실망하는 순간에, 아! 상상도 못한 영롱한 모습이 눈앞에서 펼쳐진다.

나뭇잎 틈새로 스르륵 배어든 물이 이슬처럼 동그랗게 맺히더니 이상하게 더 이상 물이 새어들지 않는 것이다. 마치 작은 물방울이 동그란 힘으로 더 큰 물을 막고 있는 격이다. 작은 물방울 하나가 어떻게 이렇게 힘이 셀까? 그 모습이 마냥 신기해서 무슨 작은 기적을 보고 있는 것처럼 놀랍고도 아름답다.

나도 모르게 그 앞에 쪼그려 앉아 이 배가 영영 가라앉지 않기를 기도한다. 왠지 그 작은 배가 가라앉지 않으면 나도 괜찮을 것 같다.

인생은 고해와 같고 그 속에서 좌초되지 않고 순항하는 건 지금 눈앞에서 작은 나뭇잎 배가 고꾸라지지 않는 것만큼 기적 같은 행운을 필요로 하기 때문인지도 모른다.

흔들리지 않고 눈물 없이 가는 생이
어디 있을까? 하지만 지금 이 나뭇잎 배는
얼마나 고요하고 의연한지.
앞으로의 내 생도 이렇게 균형을 잘 잡으며
의연히 떠가길 빌어 본다.

달뿌리풀

초록색 앙증맞은 나뭇잎 배 위에 투명한 물방울 하나 영롱하고, 얕은 물 아래 검은 바위 색깔이 선명하여 물살이 그대로 보이는데 그 아래 작게 휘도는 여울이 보인다. 그 여울물 앞에서도 균형을 잘 잡고 떠갈 수 있을까? 내 우려와는 달리 그 배는 오래 균형을 잘 잡으며 고요하게 떠 있다.

왠지 그 모습에 안도하면서도 한편으로 애잔하다. 이 작은 배가 꼭 내 모습 같다. 애써 균형을 잡으려고 안간힘을 쓰며 가느라 속에서 터져 나오려는 울음을 눈물 한 방울로 대신하고서 말이다.

흔들리지 않고 눈물 없이 가는 생이 어디 있을까? 하지만 지금 이 나뭇잎 배는 얼마나 고요하고 의연한지. 앞으로의 내 생도 이렇게 균형을 잘 잡으며 의연히 떠가길 빌어 본다.

낮에 두고 온 그 나뭇잎 배가 엄마 곁에 잠들었던 어린 날처럼 잠자리에 누워서도 생각이 났다. 이제 내 옆에는 엄마 대신 나의 아이들이 세상모르고 잠들어 있고 어린 날과는 다른 기도를 하게 된다. 이 아이들을 태운 인생의 뱃전에서 내 눈물 한 방울로 더 큰 세파를 막아

줄 수 있기를, 어떤 세파에도 흔들리지 않고 균형을 잘
잡으며 이 아이들이 떠나갈 항구로 무사히 잘 데려다
줄 수 있기를.

너다울 때가 제일 아름다워

나답다는 것은 자연처럼 가장 편안한 상태라는 뜻이다.
우리가 어느 때라도 가장 나다울 수 있다면 절로 멋이
풍기고 나다운 판단을 하며 지혜로울 수 있으리라. 그
러나 언제나 남들의 시선이, 잣대가 우리의 발목을 잡는
다. 나는 이게 가장 좋아 보이는데 남들은 바보 같은 선
택이라고 하고, 나는 이 길로 가고 싶은데 저 길이 더 빠
르다고 하고, 나는 이걸 할 때 가장 행복한데 쓸데없는
짓이라고 말하는 세상의 시선에서 자유로울 수 있다면
좀 더 편안하고 자연스러워질 텐데. 지혜롭게 나의 길
을 의연히 갈 수도 있을 텐데. 그렇게 되기까지 수많은
아픔과 시련을 견디고 단단해져 가며 이제 좀 나다워져

가나 싶으면 이미 나이 들어 버리는 것, 그렇게 평생 배우다 가는 게 인생인 것 같다.

대학 신입생 첫 축제 때였나 보다. 나는 축제라는 말에 공연히 들떠서 평소에 잘 입지도 않는 치마 정장을 아래위로 입고 난생처음 하이힐을 신었다. 지금 생각해 보면 자유롭게 쏘다니며 이것저것 구경하고 친구들이 운영하는 주점에 걸터앉아 막걸리에 전이나 먹기에 딱 좋았던 그 시절 축제에 하이힐에 치마 정장이 웬 말인가. 우습지만 그땐 처음이라 뭐든 설레어서 새초롬한 새내기답게 뭔가 새로운 시도를 해 보고 싶었다. 그런데 드라마나 영화에도 종종 나오는, 아이비로 둘러쳐진 건물이 너무 멋진 우리 학교는 긴 비탈이 많았고 하이힐을 신고 서서 아래를 내려다보니 경사가 상상 이상으로 아찔했다. 난생처음 5센티 이상의 하이힐에 올라서니 마치 수직으로 곤두박질칠 것만 같은 어마무시한 아찔함을 느꼈다. 실제로도 제대로 걸을 수조차 없어 휘청거리며 손에 땀을 쥐어야 했다. 게다가 볼이 좁은 하이힐은 불편하기 그지없어 발은 무척 아팠고 정말 확 고꾸라져서 이쁜 척하려고 입은 치마를 거꾸로 뒤집으며 나동그라질 것처럼 위태위태했다. 몇 발자국 걷다가 내린 결론은 '도저히 이대론 못 걷겠다'였다. 결국은 신발을 벗어 드는 수밖에 없었다. 물론 여벌의 신발 따윈 없었다.

신발을 벗고 걸으니 캠퍼스의 나무에서 떨어진 활엽수와 침엽수 나뭇잎의 사뭇 다른 촉감, 내가 늘 걷던 아스팔트 길의 생경한 질감, 가끔씩 밟히는 돌들의 감촉…. 오호라! 정말 아플 것 같았지만 생각보다 괜찮았다. 오히려 그 고꾸라질 것 같은 두려움과 발의 통증에서 벗어나니 홀가분했고 사람들의 시선에 아랑곳하지 않는 자유로움을 느꼈다. 그냥 이런 선택이 나다운 거라고 콧노래를 불렀다. 그리고 학교를 쏘다니다가 집에 갈 때 버스도 맨발로 타고 집 정류장에 내려서도 턱하니 맨발로 걸어서 컴백했다.

사람들이 이상하게 쳐다봤을 것 같지만 전혀 아니다. 아무렇지 않게 당당하게 다니니 아무도 나를 이상하게 쳐다보지 않았다. 물론 쳐다보는 게 민망할 것 같으니 일부러 시선을 피해 준 사람도 있겠지만 시선이란게 어디 내 의지로 피해지는 것인가. 경험해 보면 안다. 눈에 확 띄는 뭔가가 보이면 자기도 모르게 눈이 확 돌아가는 그런 경험들. 그런데 그런 반응이 하나도 없었던 거다. 생각보다 사람들이 자기 눈높이가 아닌 것을 잘 관찰하지 않는다는 것을 확인한 날이었고, 생각보다 사람들은 남의 일에 그다지 관심이 없으며 그러니 공연히 남의 시선 따위 너무 의식해서 내게 너무 힘든 걸 굳이 감수할 필요가 없다는 걸 새삼 깨달은 순간이었다.

　가을 숲에 들어서면 아무 목적도 없이 비로소 나다운 색깔로 돌아온 나뭇잎들과 만나게 된다. 봄에 피어나 여름과 가을까지 영양분을 만들기 위해 끊임없이 햇빛 쪽으로 얼굴을 들고, 광합성을 하느라 엽록소로 인해 맹목으로 초록이었던 나뭇잎들이 이제야 비로소 감춰져 있던 자신만의 색깔을 드러내는 것이다.

　가을이면 나무는 땅이 얼어 물을 흡수하기 힘든 겨울을 버티기 위해 그간 나뭇잎에게 물을 전해주던 통로를 막는다. 마치 물을 공급해 주던 수도꼭지를 잠그듯이 나뭇잎이 붙어 있던 가지와 잎자루 사이에 떨켜(잎이나 꽃, 과일이 줄기에서 떨어질 때 생기는 세포층)를 만들어 나뭇잎을 떨어뜨릴 준비를 하고 최소한의 에너지로 겨울을 버틸 대비를 하는 것이다. 이렇게 나뭇잎이 나무에 영양분을 만들어 주던 제 역할을 다하고 나면 잎이 가지고 있던 엽록소가 분해되며 본래 자신이 갖고 있던 색채로 돌아온다. 보통 잎에 남아 있던 카로틴은 노란색과 밝은 주홍색을 띄고, 크산토필 역시 은행나무나 아카시아, 자작나무와 같은 노란색 단풍과 주홍 계열의 색을 만든다. 물론 안토시아닌 물질처럼 새로 만들어 내는 것들도 있다. 안토시아닌은 빨강 뿐 아니라 분홍, 자줏빛 색을 만들어 가을을 붉게 물들이고, 탄닌은 참나무, 느티나무처럼 갈색 단풍을 만든다.

가을에 제일 먼저 붉어져서 이름 붙은 붉나무와 빌로드같이 윤기가 흐르는 완벽한 레드를 자랑하는 화살나무의 잎은 언제 봐도 황홀할 정도다. 화살나무는 크지 않은 관목으로 가지 양쪽에 화살 깃 같은 코르크층을 잔뜩 매달고 있어 어디서나 눈에 띄는데, 가을엔 그 아름다운 붉은 잎을, 그리고 겨울이면 하얀 눈 속에 붉은 등불을 매단 것 같은 어여쁜 작은 열매를 볼 수 있다. 가을 숲에서 체험을 이끌다 어디에나 흔히 있는 화살나무의 그 작고 붉은 잎 하나를 살짝 건네는 것만으로 행복해하는 사람들을 보는 것은 자연이 준 큰 기쁨을 나누는 일이다.

그러나 누가 뭐래도 가장 대표적인 붉은 잎들은 말

할 것도 없이 단풍나무, 신나무 등과 같은 단풍나무과 나무들이다. 모두 헬리콥터의 프로펠러 같은 양쪽 날개가 달린 열매를 달고 그 날개가 모아진 한가운데 끝부분에 동그랗고 단단한 씨앗을 품고 붉고 강렬한 아름다움을 뽐낸다.

신나무나 복자기나무처럼 초록 열매로 시작되는 단풍나무도 있지만, 우리가 알고 있는 손바닥 모양의 잎을 가진 단풍나무 열매는 대부분 빨간색 날개 달린 열매가 초록의 잎과 색채 대비를 이루며 주렁주렁 매달리기도 한다. 특히 봄엔 열매의 빨강이 투명한 색을 띠며 더욱 아름답다. 볼록한 씨앗까지는 다 익지 않아 대개 씨앗 부분은 초록으로 남아 있다가 점점 성숙해져 씨앗까지 붉게 물들어 확 눈에 띄면 가을이 무르익기 시작한다. 가을이 깊어질수록 단풍잎이 주홍에서 마지막엔 빨강으로 변하며 열매의 색깔도 바래 가고 말라 가는데, 내가 근무하던 체험원의 단풍나무는 햇빛이 잘 드는 쪽은 재빨리 주홍잎으로 색을 바꾼 사이 아직 햇빛이 잘 들지 않는 쪽은 여전히 초록잎이라 그 변해 가는 모습이 무척 재밌었다. 한 나무의 한쪽은 초록잎에 빨간 열매, 가운데는 주홍, 한쪽은 다 익은 빨강, 다른 한 켠엔 붉은 빛이 바랜

날개를 단 단풍나무 열매

잎들과 베이지색 열매들, 그 한 나무만 봐도 변화무쌍한 색채의 가을이 지나가고 있음을 느꼈다.

어른 아이 할 것 없이 의외로 그 두 날개가 모아진 끝부분에 동그랗고 야무진 씨앗이 있다는 걸 아는 이가 드문데, 그렇게 애써 열매에 날개를 단 이유는 당연하게도 씨앗을 멀리멀리 날려 보내기 위해서다. 어미 나무가 소중하게 키운 어여쁜 씨앗들을 만져 보면 단단하게 여문 그 감촉이 잠자고 있던 촉감을 확 살아나게 한다. 아이들은 그 씨앗을 보고 아기 엉덩이 같이 볼록하다고도 하고 작은 복숭아처럼 귀엽다고도 한다. 이 씨앗의 날개가 완전히 말라 바닥에 떨어지면 어미 나무 아래의 것을 주워 멀리멀리 날려 보기도 한다. 단풍 열매를 손바닥에 놓고 하늘 위로 높이 들어 올리듯 던져 보면 휘리리릭 빙글빙글 맴돌며 떨어지는 그 춤사위가 그렇게 아름다울 수가 없다. 나도 모르게 절로 와, 탄성이 나오며 웃음이 나니 우울한 날은 단풍 씨앗을 날려 보는 건 어떨까. 또 모르지, 내 사소한 걱정 따위 바람에 묻어 흔적도 없이 훌훌 날아가 버릴지도.

단풍 숲을 거닐다 단풍색엔 잘 없는 특이한 주홍색

66 우울한 날은 단풍 씨앗을
날려 보는 건 어떨까.
또 모르지, 내 사소한 걱정
따위 바람에 묻어 흔적도
없이 훌훌 날아가 버릴지도. 99

위부터
상수리나무, 단풍나무, 은행나무

으로 물든 나무가 보이면 다른 단풍나무처럼 손바닥 모양이 아닌 한 잎자루에 세 잎을 가진 복자기나무일 확률이 높다. 복자기나무는 아주 독특하고 품위 있는 주홍색 단풍으로 사랑받는데 그 색감이 주홍과 투명한 노랑이 절묘하게 섞인 데다 잎맥과 가장자리 결각(잎 가장자리에 깊이 패어 들어가는 부분)까지 아름다워 숲에서 한 잎 주워 드는 것만으로 가을의 풍취를 만끽하게 한다. 이 역시 날개가 달린 열매를 가지고 있는데 단풍나무들 중에서 열매가 가장 묵직해, 날리면 열매가 뚝 떨어지면서 약간 늦게 휘리릭 도는 그 모습 또한 참 아름답다.

또 벚나무 단풍잎은 빨간색, 주홍색, 노란색, 갈색, 황금색까지 마치 세상의 온갖 가을 색채를 한 몸에 담고 있는 듯해 주워 들면 같은 색채가 하나도 없을 만큼 오묘한 아름다움으로 사람을 홀려 가을이면 항상 책갈피에 끼워 두고 오래 보곤 한다. 그 잎을 들여다볼 때마다 가을의 풍부한 색채와 선명한 잎맥이 아직도 살아 숨 쉬는 듯 가을의 향기를 전해 준다.

나뭇잎의 초록은 우리가 일상을 살아내느라 어떤 필요와 목적을 위해 사회적 색깔을 띠고 있는 것과 하나 다를 바 없다. 물론 초록의 나뭇잎도 아름답지만 여

태 어떤 목적을 위해 맹목으로 초록이던 잎들이 가을에
야 비로소 본래 가지고 있던 가장 나다운 색으로 돌아
온 것이다.

더욱이 나무들은 가을이 되면 여태 나무가 흡수했
던 나쁜 광물질 성분들을 어차피 떨어뜨릴 잎 쪽으로
다 내보내 나쁜 성분들을 밖으로 밀어낸다. 그런데 그
빛깔이 어찌 이다지도 기막히게 아름답단 말인가. 가장
나쁜 성분까지도 저런 아름다운 색에 일조하다니 놀라
울 뿐이다.

가을 단풍 숲에 서면 가장 너다운 모습은 무엇이냐
고 묻는 듯한 준엄한 가을의 눈동자를 느끼게 된다. 그
래서 가을은 사색의 계절인가 보다. 가을 숲속에선 문
득 잃어버린 줄도 몰랐던 가장 순연한 나의 진짜 모습
을 만날 수도 있다. 가을 단풍 숲에 어린 마지막 남은
햇살의 음영이 분명 우리 생에 어린 빛과 그림자를 되돌
아보게 하고, 나답지 않게 붙잡고 있었던 쓸데없는 집
착과 화려한 허영의 색채 따위 허심하게 놓아주는 법을
알게 해 줄 것이기 때문이다.

세상의 모든 잎이 어느 순간 제 모습을 되찾는 순간

이 오듯, 삶 속에서 문득문득 나다운 모습이 뭔지, 본질적인 아름다움은 온데간데없이 살고 있는 건 아닌지 늘 자신을 성찰하는 눈이 필요하다.

가장 나다운 색깔은 뭘까? 나는 내 본연의 색깔 대신 어떤 색깔의 옷을 입고 살고 있는지, 나조차 내 본질적인 아름다움이 뭔지 잊고 산 건 아닌지.

가장 나다울 때 가장 아름답다는 진리를 가을 단풍 숲은 여지없이 온몸으로 보여 주고 있다.

내가 동그랗게 생긴 이유

숲 체험을 진행하다가 동그란 도토리나 밤을 주워 들고 아이들에게 물어본다.

"우와, 동그랗고 예쁜 도토리네. 얘들아, 도토리는 왜 동그랗게 생겼을까?"

아이들의 반응은 "뭘 그리 당연한 걸 묻고 그래?"라는 듯 의아하다. 하지만 막상 대답해 보라고 하면 시원스레 이유를 말하는 아이가 드물다. 도시든 시골이든 요즘 아이들은 사각형의 건물, 사각형의 책상, 사각형의 텔레비전과 컴퓨터, 이런 것들을 보며 자연이 왜 이렇게 생겼는지 태초의 궁금증을 잃어버린 경우가 많다.

남들이 당연하다고 그냥 넘겨 버리는 일에 왜 그럴

까 호기심을 갖는 게 창의력의 시작이다. 왜 그럴까? 그런 이유라면 이러면 어떻게 될까? 궁금증이 궁리를 낳고 새로운 것을 시도하게 되고 그러면서 얻어지는 것들이 발견을 넘어 발명이 되곤 한다.

자연엔 똑같이 생긴 거라곤 하나도 없고 또 그렇게 생긴 이유가 다 있다. '왜 이렇게 생겼을까?' 그 궁금증이 사라지면 세상에 호기심들이 그만큼 사라지는 것이다.

호기심이 없다면 알려고 하지 않을 것이고, 알려고 하지 않으면 자세히 들여다보지 않을 것이고, 그러면 자연이 숨겨 놓은 신비하고 아름다운 이야기를 들을 수도 없게 된다. 여태 다들 그냥 무심히 살아도 아무 불편함도 못 느꼈으니 그런 얘기쯤 알지 못해도 상관없다고 생각할 수도 있다. 하지만 인생, 그냥 사는 것과 의미를 알고 사는 것은 삶의 질이 차이가 날 수밖에 없다. 세상 모든 일은 누구에게나 엇비슷하게 일어나지만 그 속에 담긴 의미들을 더 깊이 이해하게 되면 더 사랑하게 되고 더 사랑하면 행복해진다. 이 모든 것이 커다란 삶의 행복을 발견하기 위한 작은 퍼즐 맞추기 같은 것이다. 그래서 간혹 당연한 것을 당연하지 않은 듯이 물어보면 어른들 역시 대답을 잘 못한다.

"사람들이 주워 먹기 쉬우라고? 다람쥐가 먹기 쉬우라고?"

아이들이나 어른들이나 다름없이 이런 대답들이 돌아오곤 한다. 이건 자연의 생태적 관점에서 아주 멀어진 사람 중심의 사고방식에서 나온 대답이다. 나무나 꽃 등 모든 식물의 삶의 가장 큰 목적은 자손을 많이 번식시키는 일이다. 그래서 이 세상에 씨앗이나 종자를 맺지 않는 식물은 없으며 가을이면 이 결실들을 부모의 곁에서 멀리 보내기 위해 나름의 기발한 묘책들을 쓴다.

이렇게 멀리 보내려는 이유는 당연하게도 자신의 나무 아래 씨앗이 떨어질 경우 그 그늘에서 햇볕을 잘 받을 수 없어 생존이 어렵고, 꽃이 피면 가족들끼리 수분이 이루어질 확률이 높아 열성 유전인자가 될 확률이 높기 때문이다.

그래서 단풍나무 종류들은 모두 멀리 가라고 헬리콥터의 프로펠러 같은 날개를 달고, 낙상홍이나 산수유, 마가목 열매 등은 빨갛게 혹은 먹음직스러운 색깔로 익어 새의 눈에 띄어 먹히고 소화액에 섞여 똥으로 나오기에 멀리 가며 생장 확률도 높인다. 도꼬마리나 도깨비바늘, 뱀무 같은 씨앗은 가시나 뾰족한 갈고리로 동물이나 사람의 몸에 붙어서 멀리 간다. 심지어 물가를 좋아하는 모감주나무 열매 같은 경우 열매 껍질이 갈라지면 영락없는 물에 떠가는 쪽배 모양이고 그 안에 까만 열매를 두 개씩 달고 물에 떠내려가 멀리 간다. 이 쪽배가 얼마나 물에 잘 떠갈까, 가다가 쉽게 뒤집어지진 않을까 몹시 궁금했는데 우연히 본 어느 자연 다큐멘터리에서 모감주 열매가 물길에 실려 바다로 흘러가는 모습을 보니 정말 기가 막혔다. 구불구불한 물길에 실려 정신없이 방향을 틀어도 뒤집어지지 않는 정말 안전한 쪽배였고 드디어 바다에 닿아 그 험한 파도를 넘어 바다 건너편에서 황금 왕관 같은 노란 꽃을 활짝 피운 모감주 군락지가 형성돼 있는 걸 보니 정말 자연의 생긴 모양은 상상 이상으로 유용하다는 걸 알 수 있었다.

또 민들레나 박주가리 같은 열매들은 솜털 같은 낙하산 모양의 날개를 달고 얼마나 훨훨 잘 날아가는지 동그랗게 맺힌 민들레 씨앗을 입으로 후 불어 본 사람들은 다 알 것이다.

자, 다시 한 번 질문.

"도토리와 밤은 왜 동그랗게 생겼을까요?"

정답은 "잘 굴러가라고"이다.

동글동글 잘 굴러가는 밤톨

가끔 야무지게 정답을 말하는 아이들을 보면 너무 반갑고 대견하다. 이 녀석은 어린 나이에 벌써 세상의 지혜를 터득하고 있네 싶어 너무 예쁘다.

잘 굴러가기를 바라는 건 누구인가? 참나무와 밤나무 등 모든 둥근 열매를 키우는 부모 나무들의 바람이다. 돌돌 굴러서 엄마 나무로부터 멀리멀리 가라고 동그랗게 만들어 놓으셨다. 좋은 땅으로 굴러가서 큰 나무가 되길 바라고 그렇게 만드신 게다. 세상에 어느 부모가 자기 자식이 남에게 먹히길 바라고 그렇게 애써 열심히 키워 놓았을까?

하긴 도토리가 달리는 모든 참나무(신갈, 떡갈, 갈참, 상수리, 졸참, 굴참나무가 참나무 여섯 형제다)는 청설모나 다람쥐에게 먹히는 걸 이용하기도 한다. 다람쥐는 입으로 도토리를 물어다 집으로 가져가 창고에 저장해 두고 먹는데 욕심껏 물고 가다 떨어뜨리기도 하고, 청솔모는 도토리를 땅에 묻어 두고 겨울 식량으로 삼는데 눈이 오면 어디 심어 놨는지 깜박하고 모든 도토리를 다 찾아 먹지 못해 게 중 몇 개는 운 좋게 봄에 싹을 틔울 수 있다.

아무튼 아이들에게 나무의 엄마 아빠가 좋은 땅에

가서 큰 나무가 되기를 바라고 아기들에게 날개도 달아주고 가시도 달아 주고 열심히 예쁘게 길러 주셨으니 우리가 함부로 익지도 않은 열매를 따거나 아기를 키우는 나뭇가지를 부러뜨리지 말자고 얘기해 준다.

도토리를 좋아하는 어른들도 산에 가서 도토리를 주울 때는 엄마 나무 바로 아래에 떨어진 녀석들로 주워 올 일이지만 그마저도 겨울을 지낼 다람쥐와 청설모, 어치, 멧돼지 등 온갖 종류의 산짐승들의 먹이가 되는 것이니 그들과 나눠 먹어야 한다는 마음만 있으면 좋겠다.

밤송이가 툭 떨어져 내 발 앞으로 돌돌 굴러오는 걸 보며 생각한다. 나는 어떤 방법으로 부모님의 곁을 떠나왔을까? 단풍 같은 날개를 달고 휠휠? 도토리처럼 돌돌 굴러서? 민들레 씨앗처럼 깃털 같은 날개를 달고? 어릴 때 엄마 품속에서 함께 자라다 난생처음 혼자서 휠휠 떠나 새로 싹 틔울 자리를 찾아 나설 때 외로웠고 힘겨웠다는 생각이 드는 건 나만의 생각일까.

열매들이 좋은 땅에 떨어질 확률은 높지 않다. 대개 악조건을 극복하고 애써 싹을 틔우고 열매 맺기 위해 고군분투하는 모습이 우리들의 사는 모습과 크게 다르지 않을 것이다.

어느덧 나는 부모의 품을 떠나 어른이 되어 있고, 이젠 내 아이들을 자신의 좋은 땅을 찾아 떠날 때까지 잘 성숙시키기 위해 힘을 모은다. 당연하게도 잘 성숙되지 못한 열매는 새싹을 틔울 수 없으니 애지중지 좋은 양분을 주기 위해 애쓰지만, 자연을 보며 늘 한 가지 되새기는 준엄한 가르침은 부모의 그늘 아래선 자식이 잘 되지 않는다는 대자연의 진리다.

자식 귀하다고 품으려고만 하다 보면 오히려 그 품이 자식을 잘 자라지 못하게 하는 그늘이 될 수도 있다는 것을. 그저 자신이 생긴 모양 그대로 가장 잘 떠날 수 있는 방법을 택해서 떠나보낼 때 새로운 숲이 생겨나듯 자식들도 새로운 인생을 개척할 수 있으리라.

간혹 사람들은 '난 왜 이 모양이지?'라는 말로 자신을 자책할 때가 있다. 하지만 도토리와 밤이 동그랗게 생긴 데는 이렇게 당연한 자연의 이치가 담겨 있듯이 우리가 그렇게 생긴 데도 다 이유가 있지 않을까.

우리도 자연의 일부로서 자신이 살아가기에 가장 알맞은 모양을 가졌을 것이다. 우린 자연과 비교할 게

갈참나무 도토리

  ❝ 나는 어떤 방법으로
    부모님의 곁을 떠나왔을까?
    단풍 같은 날개를 달고 훨훨?
    도토리처럼 돌돌 굴러서?
    민들레 씨앗처럼 깃털 같은
    날개를 달고? **❞**

못 돼서 비록 때로 실수하고 모든 게 완벽하진 않아도 유전인자와 성장 환경, 주변의 사람들 등 여러 요인으로 자신이 살아가기에 가장 알맞은 모양새를 얻게 된 것이다. 그러니 '난 왜 이 모양이지' 싶을 때일수록 더 깊이 자신이 그렇게 생긴 이유를 들여다보면 어떨까. 내가 그런 선택을 하고 그런 판단을 한 데는 다 이유가 있다는 것을 스스로 이해해 주면 좋겠다. 그게 누구 눈에는 모자라 보이고 때로 나조차 불만족스러울 수 있지만 가만히 보면 그게 내게서 나올 수 있는 최선이며 다른 결정과 선택을 할 수 있는 사람이 아니란 것을 알게 될 때가 많다.

그러니 누군가 생각 없이 넌 왜 그 모양이냐고 하는 말을 곧이곧대로 받아 상처를 입을 일도, 내 선택에 의문을 던질 이유도 없다. 사람들이 도토리가 둥근 이유를 잘 모르듯이 누군가에게 선뜻 이해받지 못한다 해도 내가 나인 이유를 굳이 납득시킬 필요는 없지 않을까. 내가 이런 모양인 걸 누구보다 더 잘 이해하고 받아들이면 도토리와 밤이 자연의 섭리를 따라 동그랗게 토실토실 익어 가듯 나도 점점 더 근사한 모양과 빛깔로 이어 갈 것이라 스스로 믿고 싶다.

건강한 숲은 종이 다양한 숲이다. 큰 나무와 작은 나무 여러 종류의 나무들이 골고루 섞여야 더 건강한 숲을 이루며 건강한 숲은 나무들끼리 서로 뿌리로 영양분을 주고받으며 긴밀히 공생한다. 영국의 산림학자인 수잔 시마드도 '나무가 서로와 대화하는 방법'이란 제목의 테드 강연에서 비슷한 이야기를 한 바 있다.

나무들은 서로 경쟁보다는 화합을 택한다는 것이다. 큰 나무 사이에 어린 묘목이 자라 햇빛을 잘 받지 못하면 주변의 어른 나무들이 뿌리로 영양분을 나눠 주어 그 나무가 자랄 수 있도록 돕는다. 큰 나무들도 마찬가지로 먼저 잎이 난 나무는 주변의 아직 잎이 나지 않은 나무에게 영양분을 나눠 주어 잎이 날 때까지 시간을 벌어 준다. 그러다 그 나무가 잎이 무성해져 햇빛을 더 잘 받는 환경이 주어지면 이번엔 그 나무가 자신에게 영양분을 나눠 줬던 옆의 나무를 또 도와준다. 이렇게 숲은 서로 긴밀하게 협력하는 거대한 공동체다. 이 얼마나 아름다운 대자연의 섭리인가.

어른들이 만들어 놓은 사회에서 경쟁만 부추김 당하는 우리 아이들에게 건강한 숲을 닮기를 바라는 건 어쩌면 우리의 과한 욕심일 뿐이다. 우리가 먼저 숲을 닮아 가야 아이들이 따라오는 게 당연한 이치다. 우리도 자연의 일부로서 그 자연의 섭리대로 따라 살면 더 건강하고 행복한 사람 숲이 될 것이다. 부디 우리가 만든 숲들이 약하고 도움이 필요한 개체에게 서로 먼저 손을 내밀고 연대하며 함께 생명을 북돋우는 건강한 자연의 숲을 닮아 가기를 기도한다. 그 숲 속에서 우리 아이들은 뿌리 깊은 평화를 함께 누리며 싱그럽고 푸르게 아름다워 서로에게 마음의 안식처이자 위로가 되는 숲이길 바란다.

가을 숲 길가 밤나무 아래서 시멘트 바닥으로 굴러 나온 밤 한 송이 툭 다시 숲으로 굴려 주며 어른으로서 해야 할 몫을 생각한다.

아직 나비가 되지 못한 너에게

| 호랑나비

작년에 같이 근무하던 선생님 한 분이 어느 아침 출근 길 댓바람부터 큰일 났다며 상기된 얼굴로 찾아오셨다. 손에 주렁주렁 한가득 들고 온 짐을 풀며 숨가쁘게 내뱉는 말이 "여긴 뽕잎이 나왔어요?"였다.

그때가 3월 초였으니 뽕잎이 나오긴 너무 이른 때가 아닌가. 그런데 소중히 껴안고 온 딸기 플라스틱 통, 커피 플라스틱 컵 속을 들여다봤을 때, 으악!

너무 작아 아직 잘 보이지도 않는 까만 누에나방의 애벌레들이 오글거리고 있었다. 작년에 아이들과 관찰할 요량으로 길렀던 누에들이 고치를 짓고 태어나 알을 낳은 것이 겨우내 창고에 있다가 이른 봄에 다 깨어나

버린 거였다. 그 누에들을 그대로 굶길 순 없어 뽕잎 찾
아 데리고 나오셨단다. 아직 너무 어린 생명들이 밥 없
이 한나절이나 견딜까 염려스러우셨나 보다.

그때부터 그야말로 뽕 찾아 삼만리였다. 여기저기
전화 통화를 하며 뽕 소식이 있냐고 물어보시곤 어디엔
벌써 뽕나무 새잎이 나왔다는 소식에 거길 찾아 나설
모양이었다.

"아이고, 나 먹을 거면 이렇게 열심히 찾아다니지도
않아."

맞는 말이다. 갓 태어난 생명을 감당하는 일은 언제
나 무겁다. 우리들에게 아기를 기르는 일이나 숲의 다른
생명이나 그 무게감은 크게 다르지 않다. 수백 마리나
되는 이 아이들을 다 어쩌냐고 모두 걱정이 늘어졌다.
모두 여기저기 전화를 돌려 분양할 사람을 찾느라 분
주했다. 그 모습을 보는데 문득 이런 풍경을 어디서 또
보랴 싶어 피식 웃음이 났다. 요즘 같은 세상에 누가 누
에나방의 까만 어린 새끼를 수백 마리나 싸안고 먹이를
구하기 위해 돌아다닌단 말인가. 길러 줄 사람을 찾기
위해 이리 동분서주하며 분양할 사람을 찾아다닌단 말
인가. 늘 숲과 함께하는 사람들의 세상이 아니면 상상

도 못할 풍경이다.

그때부터 시작된 누에 키우기가 올해에도 이어졌다. 작년의 경험을 발판 삼아 뽕잎이 나온 곳의 소식이 들리면 뽕잎을 따다 서로 만나서 나누고 남은 잎들은 지퍼백에 넣어서 물기 없이 고이 냉장고에 잘 보관했다 먹였다. 빌려 온 잎으로 먹이다 드디어 우리 체험원에도 뽕잎이 나오자 한결 먹이기가 수월해졌다. 새로 나온 연하고 깨끗한 잎을 따다가 열심히 먹였다.

이렇게 점점 더 커 가는 모습을 서로 나누며 "와, 저집 녀석은 벌써 저만큼 컸네. 우리 집 녀석은 아직 작은데 내가 준 먹이가 부족했나? 아니면 환경이 뭐가 잘 안 맞았나?" 걱정하기도 했다.

처음엔 먹는 힘이 약해 잎맥은 먹지도 못하고 여린 잎살만 잘디잘게 먹어 잎의 초록은 다 사라지고 주맥과 측맥만 남아 있는 녀석들의 흔적이 앙증맞다며 기록으로 남겼다. 녀석들이 점점 자라날수록 주맥은 못 먹더라도 측맥까지는 먹어 치우고, 나중엔 오히려 크고 싱싱하며 다소 거친 잎들을 더 신나게 먹어 치우는 모습을 보면서 대견했다.

그렇게 몸피를 잔뜩 키우던 누에들은 어느 순간 자

꾸 고개를 들며 행동이 둔해지고 거의 움직이지 않았다. 몸의 색깔도 노르스름해지는 것이 고치를 지을 때가 된 것이다.

부랴부랴 계란판에 누에들을 옮겨 담아 주었다. 작년엔 높은 곳으로 올라가기 좋아하는 녀석들의 습성을 고려해 휴지 심을 겹겹이 쌓아 올려 아파트를 만들어 주었는데 올해는 그냥 계란판을 깔아 주었더니 들어갈 녀석들은 들어가 고치를 짓고 어떤 녀석은 곧 죽어도 위로 올라가려고 계속 고개를 들고 위만 탐색했다.

"에구 이 녀석아, 그냥 좀 들어가서 고치 지으면 안 되겠니?"

나중에 보니 하는 수 없었는지 계란판 안으로 들어가진 않고 계란판을 담아 둔 플라스틱 뚜껑 아래에 붙어 고치를 지었다.

제일 고집불통이던 녀석까지 고치를 짓고 들어가자 한 해 누에 키우기가 다 마무리됐다. 그동안 누에가 커 가는 모습과 고치 지은 모습, 고치에서 부화해 짝짓기 하고 알 낳은 모습까지 곤충의 한살이를 아이들이 잘 관찰할 수 있었음은 물론이다.

올해 우리가 누에를 키우기 시작한 건 사실 호랑나비 때문이다. 체험원에서 관찰할 요량으로 새똥만 한 호랑나비 애벌레 한 마리를 잡아 뒀는데 매일 산초 잎을 따다 정성으로 먹여 키웠건만 그 녀석이 어느 날 우리 눈을 피해 집을 나가 버린 것이다. 딸기 플라스틱 통으로 집을 만들어 주었는데 분명 뚜껑까지 있는 통의 비좁은 틈새로 그 통통한 초록이가 어떻게 빠져나갔는지 정말 전대미문의 사건이었다.

게다가 그 녀석, 산초 잎을 주면 열심히 먹기만 했지 별로 기어 다니지도 않았는데 어떻게 감쪽같이 사라져서 통 주변을 이리저리 뒤지고 난리를 쳐도 안 나올 수 있단 말인가?

호랑나비 애벌레는 처음엔 너무도 작고 등이 희끗희끗한 게 꼭 새가 싸 놓은 똥 같이 생겼다. 나름 천적인 새에게 들키지 않으려고 보호색을 쓴 것이다. 자기 똥을 먹는 동물은 없으니까. 그러다가 조금 지나면 약간 길죽한 방망이 모양으로 변하는데 삐죽삐죽 돌기가 솟아 있어 내가 보기엔 영락없는 도깨비방망이 같았다. 참 재밌게 생겼다 싶은 이 녀석은 어느 날 홀랑 허물을 벗더니 초록의 통통하고 귀여운 모습으로 180도 변신했다.

"어머나, 분명 어제 본 그 녀석이 맞아?" 싶을 정도로 확 달라진 모습이 놀랍기 그지없다. 하지만 우리 눈을 피하는 것인지 '호랑이'라고 애칭까지 부르던 그 녀석도 제 허물을 벗는 모습은 우리에게 보여 주지 않았다. 눈앞에 있던 못생긴 도깨비방망이가 초록의 귀염성 있는 발 달린 애벌레로 변하는 기적 같은 순간을 놓친 것에 통탄을 금치 못했다. 그렇게 산초 잎을 먹고 무럭무럭 자라는 모습을 보는 동안 어느새 정이 들어 버렸나 보다. 호랑이가 집을 나가고 나니 눈에 밟히고 허전해 너무 보고 싶어지는 거다.

그리고 얼마나 후회막심이었는지. 자연에서 잘 자라 나비가 돼야 할 녀석을 잡아다 가둬 놨으니 이 녀석이 고치를 짓고 잘 부화해 나비가 될 수 있을지 노심초사 했다. 결국 몇 주 후 발견한 고치는 딱딱해진 채 부화에 실패했다. 나비가 되지 못한 호랑이에게 너무 미안하고 안쓰러워 다시는 곤충을 잡아서 관찰하지는 말아야지 다짐했다. 그래서 누에를 키우게 된 것이다.

그때부터 나의 하루는 출근하자마자 산초나무로 가서 호랑나비 애벌레를 열심히 찾아내 인사하는 것으

위: 애벌레는 호랑나비가 되기까지 여러 번의 탈피를 거친다.
몇 차례 탈피 후 도깨비방망이처럼 생긴 호랑나비 애벌레
아래: 탈피가 끝나 고치를 짓기 직전의 호랑나비 애벌레

로 시작해, 집에 갈 때 다시 '안녕' 하고 가는 것으로 마무리되곤 했다.

초록색 잎들 속에서 초록색인 그 녀석들을 찾아내는 건 무슨 보물찾기가 따로 없어서 한참을 집중해서 열심히 찾아야 했다. 한참 만에 그 녀석들을 발견하면 그렇게 반갑고 대견할 수가 없었다. 내가 애벌레를 귀여워할 날이 올 줄이야.

체험원을 찾는 사람들을 보면 그 누구도 그 산초나무를 자세히 보지 않는다. 그 나무에 수없이 많은 호랑나비 애벌레가 고물거리고 있어도 그냥 지나친다. 사람들에게 그 녀석들은 있으나 존재하지 않는 것과 마찬가지다. 체험지도사들이 안내를 해 주면 그제서야 그 녀석들을 발견한 기쁨을 감추지 못한다. 그래서 체험원이나 숲을 찾으면 한 번 쯤은 꼭 숲해설가나 유아숲지도사의 체험 프로그램에 따라나서 볼 것을 권하고 싶다. 숲은 해설가들의 보물창고다. 어디에 누가 살며 어떤 생태를 가지고 있는지 놀랍고도 신비한 이야기거리들을 어찌 자랑하고 싶지 않겠는가.

그때 가장 중요한 건 천천히, 자세히 보는 것이다.

돋보기나 루페를 준비하면 훨씬 더 자세히 신비로운 자연의 형태와 색채를 만날 수 있다. 아시다시피 자연은 모두 보호색을 띠고 있다. 눈에 잘 띄는 빛깔과 크기를 가진 애벌레나 곤충은 거의 없다. 그렇다고 아주 많은 시간이 소요되는 것도 아니다. 그냥 자세를 좀 낮추고 천천히 여유 있게 식물이나 나무 앞에 머물러 자세히 들여다보는 것만으로도 충분하다. 그러다가 운이 좋은 어느날에는 눈부시게 변모하는 모습을 목도할 수도 있다.

매일 산초나무로 출퇴근 인사하던 그때엔 도깨비방망이 같던 녀석이 귀여운 왕방울만 한 가짜 눈을 단 초록의 애벌레였다가 어느 날은 고치를 틀고 움직이지조차 않다가 드디어 어느 날, 날개를 활짝 펴고 눈부신 호랑나비가 되어 훨훨 나는 걸 관찰할 수 있었다.

그 놀라운 변모를 볼 때마다 가슴이 벅차다. 나도 같이 나비가 되는 꿈을 꾼다. 중년의 나는 이미 애벌레가 아니니, 다시 한 번 딱딱한 고치를 벗고 호랑나비처럼 훨훨 나는 날이 올 수도 있으리라 기대하는 건 엄청난 착각일 수도 있지만 그런 꿈을 꾸게 해 주는 호랑나비가 참 좋다.

그래서 나이가 들수록 자연이 좋아지나 보다. 봄이

호랑나비

  ❝ 호랑나비를 보면서 나비를 따라
    훨훨 나는 꿈을 꾼다. 또 모르지.
    내게도 못 다 편 날개가 있어 다시
    날아오르게 될지. ❞

오면 봄 햇살처럼 노랑노랑 유치원 들어가던 어린 아이가 된 기분이 들기도 하고, 여름 무성한 숲을 보면 힘찬 기운을 받고, 가을 숲에선 나를 돌아보게 만드는 준엄한 시선을 느낀다. 호랑나비를 보면서 나비를 따라 훨훨 나는 꿈을 꾼다. 또 모르지. 내게도 못 다 편 날개가 있어 다시 날아오르게 될지.

그러니 젊은 사람들이야 못 다 편 날개가 있다면 오죽 답답하랴. 펴 보지도 않은 날개니 아직 물기를 말리고 있는 중일 수도 있다. 날개가 다 마르기 전 나비들은 꼼짝 않고 날개를 말려야 날 수 있다. 그렇게 준비가 끝나면 훨훨 날게 될 것이니 그때까지 너무 조급해 말라고 말해 주고 싶다. 날개를 말리는 그 시간 동안 바람이 돼 주고 싶은 마음으로.

겨울

내 안의 가시를 무디게 할 때

| 음나무

내 속엔 내가 너무도 많아 당신의 쉴 곳 없네
내 속엔 헛된 바램들로 당신의 편할 곳 없네
내 속엔 내가 어쩔 수 없는 어둠 당신의 쉴 자리를 뺏고
내 속엔 내가 이길 수 없는 슬픔 무성한 가시나무 숲 같네
<가시나무>, 시인과 촌장, 하덕규 작사

시인과 촌장 하덕규의 노랫말과 음률은 정말 가슴을 울린다. 나지막이 읊조리고 있으면 살아온 날들에 대한 회한이 울컥 밀려와 눈시울이 뜨끈해진다. 나는 잘 살아 왔는지, 삶의 무게 때문에 잔뜩 힘을 주고 버티느라 나도 모르게 세웠던 날카로운 가시가 누군가에게 얼마나 많

은 상처를 줬을지. 나는 그렇지 않았다고 당당하게 말할 수가 없다. 내가 옳다는 신념으로 너는 왜 그 모양이냐고 누군가에게 불화살을 쏴 대던 못난 내 모습이 돌아다보인다. 그리고는 돌아서서 내 안의 그 가시들이 되레 나를 찔러 괴롭고 힘든 날들이 얼마나 많았던가.

나 말고도 주변을 돌아볼 줄 아는 건 삶의 힘과 여유가 있을 때나 가능한 일이다. 당장 내가 힘들어 죽을 것 같은데 주변을 돌아볼 여유가 어디 있을까. 때론 그런 삶의 고단함이 내 안의 가시를 만든 것 같아 스스로가 몹시 안쓰럽다. 삶을 버티기 위해 날카롭게 세웠던 가시가 결국 아무도 내게 다가오지 못하게 하고 그래서 나는 결국 더 외롭고 아무도 위로해 줄 사람이 없다.

이런 악순환이 계속되는 삶은 정말 슬프다. 결국 내 안의 가시를 무디게 하고 서로에게 상처 입히지 않고 함께 손을 잡고 서로 어깨를 기댈 때 내 고독과 슬픔은 줄어들고 즐거움은 배가 된다.

누군가 자신이 가진 것을 다 내놓는 위대한 행동을 하는 걸 본 적이 있는가. 그런 행동은 놀랍게도 기적을 만든다. 그 사람의 진심이 감동을 낳고 그 감동이 다른 사람을 움직이는 탓이다. 그런 사람 하나만 바라볼 수 있어도 주변의 삶이 달라질 수 있는 이유다.

나는 그런 사람이 되지 못했다. 힘겨운 삶의 고비에서 나 살기 바빴고 말 많은 사람들 속으로 들어가기 싫어 주변을 자처했다. 그저 내 일을 열심히 하고 내 가족을 챙기며 어느 상황에서나 내가 챙기는 것으로 인해 혹여 다른 사람이 모자라게 되는 건 아닌지 염치 정도 차리며 산 게 전부다. 그러다 가끔 그런 삶의 논리를 간단히 무시해 버리는 어느 위대한 영혼의 이야기에 가슴이 뭉클해지면 나도 좀 더 나를 내놓아야지, 이제 가시나무 숲 모퉁이쯤 돌아 나오며 스스로를 돌아보게 된다.

음나무를 본다. 정말 무수한 가시로 무장한 가시나무. 수피와 줄기 전체가 가시로 촘촘히 덮인 음나무는 손을 대고 쓰다듬을 수조차 없다. 그 무성한 가시가 문득 지난날의 내 모습 같아 아프다.

음나무는 잎이 5~9개로 갈라지고 가장자리에 톱니가 있다. 잎자루가 길어 바람에 팔랑팔랑 나부끼는데 단풍나무처럼 생긴 손 모양 큰 잎에 수피에 가시가 성성하고 바람에 유독 팔랑이면 음나무로 보면 되겠다. 음나무를 '엄나무'라고 부르는 사람들도 많은데, 가시가

> " 내 안의 그 가시들이
> 되레 나를 찔러
> 괴롭고 힘든 날들이
> 얼마나 많았던가. "

가시 성성한 음나무에
새로 돋은 순

엄하게 생겼다고 엄나무라고도 불렸다고 한다. 이른 봄에 내는 큰 새싹은 쌉쌀하게 깊은 맛이 나고 씹는 식감이 좋아 초식 동물은 물론이고 사람들도 너무 좋아하는 나물이다. 그래서 너도나도 새순이 나자마자 따 먹으려 손을 타니 당연히 음나무는 나무의 영양분을 만들어 주는 잎을 보호하기 위해 이렇게 촘촘한 가시로 중무장한 것이다. 하지만 새순이 다 꺾인 두릅을 봐도 그렇고 음나무도 그렇고 어찌 보면 이 나무들은 가시 보호막이 무색하다. 가시에도 불구하고 끊임없이 이 나무의 새순들을 탐내니 어째 방어 전략에 실패한 것 같다는 생각마저 든다.

옛날 사람들은 그 무시무시한 가시가 액를 물리친다고 생각하여 음력 정월대보름이면 대문이나 문설주 위에 가로로 음나무를 걸쳐 놓는 풍습이 있었다. 부럼 깨물기, 달집 태우기, 널뛰기, 윷 던지기 등 요란한 소리를 내서 귀신이 놀라 달아나기를 바랐던 풍습 외에도 이렇게 무시무시한 가시 음나무를 대문이나 문설주 위에 가로로 걸쳐 설령 귀신이 집과 방안으로 들어오려 해도 옷자락이 가시에 걸려 집안으로 못 들어오게 방어 장치를 해 놓는 것이다. 이런 풍습 때문에 옛날 사람들

은 마을 어귀나 집 앞에 아예 음나무를 심어 잡귀를 막
았는데 이 때문에 한 마을을 지키는 당산나무로 보호받
는 곳이 전국에 50여 군데나 되고 천연기념물로 지정된
나무도 두 그루나 있다고 한다.

이렇게 음나무가 가시가 성성한 것만 알고 있던 어
느 날, 숲해설가 선배들과 아직 새순이 돋지 않은 2월
말 숲 모니터링 나선 길이었다. 아직 잎이 없으면 그게
무슨 나무인지 잘 분간을 못하던 얼치기 숲해설가였던
나는 당최 무슨 나무인지를 모르겠는 한 나무를 가리키
며 "선생님 이게 무슨 나무예요?" 물었더니 세상에, 음나
무라 대답하시는 게 아닌가.

음나무가 나이 들면 가시가 무뎌진다고 이론상으론
알고 있었지만 세상에나 정말 이렇게 가시가 있던 흔적
조차 없을 만큼 완전히 다른 나무로 보일 지경일 줄은
몰랐다.

"왜 음나무는 나이 들면 이렇게 가시가 무뎌질까
요?" 하고 넌지시 물으며 숲에서 연륜이 깊은 선생님은
어떻게 대답해 주시려나 귀를 기울이고 있으니 "이제 키
가 너무 커서 초식 동물이 못 뜯어 먹지. 그러니 더 이상

가시가 필요 없지" 하신다. 순간 나이 들며 무뎌지는 일이 나쁜 일만은 아니구나, 문득 그런 생각이 스쳤다.

나무가 어릴 때는 약한 자신을 보호하기 위해, 청장년기엔 결혼하고 아기를 낳고 키우기 위해 정신없이 바쁜 와중에 음나무는 가시가 무섭도록 성성하고 강하며 날카롭다. 하지만 이제 다 자랐고 저렇게 품이 커진 나이 많은 음나무들은 더 이상 세상에 날을 세울 필요 없이 한결 여유롭게 사계절을 보낼 것이다.

음나무가 자연에 순응하는 모습을 보며 사람 사는 이치를 깨닫는다. 사람도 나이 들면 가시를 무디게 할 줄 알아야 한다는 생각이 든다. 내 속의 헛된 바람들과 과도한 열망들이 만든 가시, 나도 내 할 일을 어느 정도 마무리하는 노년이 되면 내 안의 가시를 무디게 하고 더 많은 것들을 포용하고 너그러워질 수 있었으면 좋겠다.

나이가 들면 꼰대가 된다고 했다. 날이 갈수록 내 생각의 울타리만 더 견고해지고 고집스러워져 내가 살아온 대로의 방식만 고집하고 그대로 되지 않으면 불평불만만 많은 삶은 참 아름답지 못하다. 하긴 그건 꼭 나이만의 문제는 아니다. 어리고 젊은 청춘들은 요즘 세상

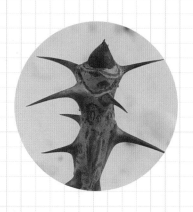

위: 눈 속의 어린 음나무 정아 ©이남섭
아래: 가시가 무뎌진 나이든 음나무

가시가 하나도 없는 수령이 오래된 음나무

살이가 너무 녹록지 않아서 또 가시가 많다. 살기가 예전보다 더 힘들어진 세상이다.

간혹 나이가 많건 적건 나 편한 게 우선이고 다른 사람이 나로 인해 받은 불편은 가벼이 여기는 사람들을 보면 눈살을 찌푸리게 된다. 우린 모두 약하고 상처받기 쉬운 존재들이다. 서로의 가슴에 날카로운 가시로 상처를 입히는 일을 아무렇지 않게 하지 않는 마음이면 좋겠다. 하늘을 우러러 한 점 부끄럼이 없길 바라는 윤동주 시인처럼 되지는 못할지라도 음나무처럼 나이 들수록 내 안의 가시를 무디게 하고 세상에 날을 세우는 대신 점점 더 너그러워지는 지혜를 가질 수 있었으면 좋겠다.

내 안의 가시는 결국 누구보다 나 자신을 상처받게 하고 아프게 한다. 그러니 지금 아프고 행복하지 않다면 내 안의 가시가 나를 찌르고 있지 않나 세심히 들여다볼 일이다.

세월을 따라 무디고 성글어져 이젠 가시의 흔적조차 없이 부드럽고 품이 넓은 음나무를 쓰다듬으며, 가시가 있을 땐 느끼지 못했던 욕심 없이 따스하고 평온한 음나무의 부드러운 숨결을 느낀다.

감히 짐작조차 할 수 없는 그 마음

무당거미와 곤충들의 알집

제법 쌀쌀한 가을 끝자락, 겨울을 앞두고 분주한 숲으로 나가 보면 나뭇가지 아래 잘 보이지 않는 곳이나 나무 수피 위에 열심히 알집을 만들고 있는 무당거미를 심심찮게 만날 수 있다. 무는 힘이 그리 강하지 않아 먹이를 잡아먹을 때 독이 든 소화액으로 모기, 파리, 방아깨비 등의 속을 녹여 단백질을 빨아 먹는 무당거미지만, 이때만큼은 나무껍질을 입으로 물어 벗겨서 알집 위를 덮어 나무 수피인양 보호색을 띠게 하고 알들을 보호하려 안간힘을 쓴다. 그리고 알 옆에서 꼼짝을 않는다.

거미는 거미줄을 치고 그 위에 앉아 있어야 먹이가 걸리면 먹고 생명을 유지할 수 있다. 그런데 거미줄도 안 치고 알집을 지키고 앉았으니 생명을 유지할 수가 없다. 그렇게 새끼들을 지키다가 어느 날 힘이 다하면 힘없이 땅으로 추락하여 생을 마감한다. 곤충을 관찰하기 이전에는 감히 짐작조차 할 수 없었던 그 가없는 사랑 앞에 마음이 울컥한다.

사람이나 곤충이나 새나 짐승이나 새끼를 낳고 돌보는 마음은 똑같다. 자신을 다 버리고 새 생명을 세상에 남겨 놓는다. 염낭거미는 갓 태어난 새끼들에게 자신의 속을 다 주고 빈 몸만 남기는 모성애를 보여 주기도 하며 매미나방 애벌레는 알집을 지을 때 제 가슴 털을 뽑아 알집을 감싸 놓아 만져 보면 그 부드러움이 이 세상 것이 아니다. 하지만 한 알집에 새끼가 수백 마리나 들어 있고 유충이 여러 가지 나뭇잎을 먹는 해충이라 새끼가 부화하기 전에 알집 제거 작업을 하는 게 보통인데, 비록 해충이라도 저리 아프게 새끼를 보호하려 한 마음을 생각하면 가슴이 시리다. 다음번엔 부디 살기 좋은 곳에서 태어나길.

부모 노릇 하기 힘든 세상이다. 물질적인 것이 승한 시대다 보니 아무리 마음으로 품어 주어도 물질이 부족하면 뒷받침을 잘 해 주지 못하는 것 같아 늘 마음이 쓰인다. 아이가 힘든 길을 홀로 갈 때 잡아 주지 못하는 그 마음이야 오죽하랴. 하지만 아무리 모자라도 부모는 부모다. 이렇게 생을 다 걸고 자식들을 지키는 그 마음을 자식들은 알까.

곤충들의 알집 짓기는 겨울을 앞둔 계절에만 볼 수 있는 건 아니다. 알집의 형태와 재료는 참으로 다양한데 그중에 너무 신기한 생태를 보여 주는 녀석들도 많다.

8월 초입에 숲길을 걷다 보면 마치 톱으로 잘라 놓은 것처럼 가지째 송두리 떨어진 참나무들을 여기저기서 발견할 수 있다. 도토리거위벌레의 소행이다. 이 녀석들은 도토리 각두에 구멍을 뚫고 알을 낳는다. 애벌레가 알에서 깨어나면 도토리를 파먹으며 자라라고 아주 자릴 잘 잡아 알을 낳는다. 도토리가 나무에 그대로 달려 있으면 계속 영양공급을 받으니 점점 커질 것이고 그러면 알이 짜부라질까 우려해 가지째 잘라 떨어뜨려 버린다. 그때 나뭇잎도 딱 붙어 있는 상태 그대로 가지를 잘라서 나뭇잎이 날개 역할을 하며 빙그르르 떨어지게 보호 장치를 마련해 놓는다.

대체 이 작디작은 거위벌레는 머리가 얼마나 영민한

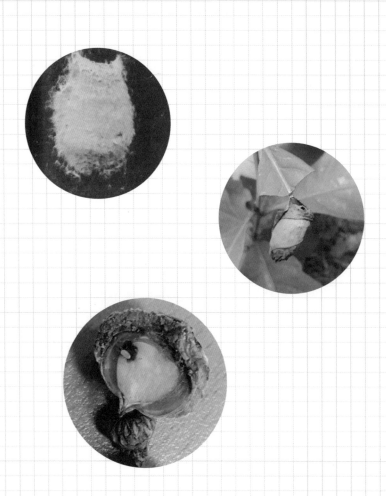

(위에서 시계방향으로)
어미의 가슴 털을 뽑아 추위에 대비한 매미나방 애벌레 알집
참나무 잎을 말아 만든 왕거위벌레 알집
도토리거위벌레 알

걸까. 그걸 어떻게 다 계산하고 이리도 영악한 짓을 한
단 말인가? 여기저기 가지째 뚝뚝 떨어져 내린 참나무
잎들을 잘 주워 보면 도토리 각두에 콕 하고 점 찍은 것
같은 알 낳은 자국이 보인다. 그걸 살살 쪼개어보면 운
좋게 도토리를 갉아 먹으며 조금 자란 아주 작은 애벌
레를 만날 수도 있다.

　왕거위벌레가 만든 알집은 더 기가 막히게 말도 안
되는 구조를 갖고 있다. 거의 요물 수준이다. 커다란 참
나무 싱싱한 잎의 가운데 주맥을 툭툭 잘라 잎이 잘 말
릴 수 있도록 조치해 놓고 잎에 알 하나를 낳고 돌돌돌
만다. 더 재밌는 건 말기만 하면 양 끝이 벌어질 수도 있
으니 그걸 지지듯이 붙여 놓는다는 사실이다. 이 정도의
치밀함이라니.

　어느 여름 초입 왕거위벌레 알집을 처음 신갈나무
에서 발견하곤 너무 놀라고 신기해서 호들갑을 떨었다.
사실 자세히 보지 않으면 잘 보이지 않는 것들이니 발
견하기가 쉽지만은 않다. 마치 숲에서 보물 찾기 하다
보물을 발견한 것처럼 신나고 짜릿한 기분을 느낀다.
왕거위벌레에겐 미안하지만 내 눈으로는 처음 관찰하
는 것이니 돌돌 말린 알집을 펼쳐 본다. 어찌나 정교하

게 말아 놨는지 정성이 대단하다. 마침내 잘 싸인 투명한 알 하나가 나타난다.

거위벌레는 이 알집 하나를 만들기 위해 얼마만큼의 시간을 썼을까. 두 시간가량이나 걸린다고 하니 얼마나 지난한 작업이었을까. 감히 짐작조차 할 수 없는 그 수고로움에 마음이 숙연해질 지경이다.

"거위벌레야. 이젠 네 알집을 보더라도 모른 척할게. 안에 얼마나 귀한 알 하나가 얌전히 들었는지 다 아니까 다치지 않게 할게."

새끼를 지키기 위한 눈물겨운 사투를 지켜볼 때마다 그 작은 곤충의 새끼들이 그냥 봐 넘겨지지 않는다. 우리가 애지중지 키우는 아기들처럼 곤충에겐 더없이 귀한 새끼들이니 함부로 다룰 수가 없다. 함부로 아무 생각 없이 그것들을 죽이거나 다치지 않도록 배려하게 된다. 모든 생명에 대한 경외감을 갖게 되고 그들 모두를 존중하게 된다.

이렇게 자연 속 곤충들과 식물들과 사람의 생명이 누가 더 귀한 게 아니라 모두 똑같이 귀하고 존중 받아 마땅하다는 것을 숲을 가까이해 본 사람은 안다. 그게

도토리거위벌레가 참나무에 알을 낳은 흔적

숲을 가까이하는 사람들이 얻을 수 있는 넓은 품이다.

이제 힘이 다해 곧 생을 마감할 듯한 무당거미 앞에서 엄마가 되고서야 겨우 알게 된, 감히 짐작조차 할 수 없었던 부모님의 사랑을 생각한다. 도저히 갚을 길이 없는 그 사랑이 너무 사무쳐, 생의 마지막 순간까지 새끼를 지키다 힘없이 추락하는 거미들을 볼 때마다 심장이 쿵! 나도 모르게 눈물이 난다.

좀 더 일찍 깨닫고 부모님에게 좀 더 잘할 걸 후회해 봤자 이젠 엄마만 남아 계시고, 어디 좋은 데 가자고 해도 다리가 아파 못 간다, 먹고 싶은 것도 없다 하시니 맛난 것도 소용없다. 젊을 땐 시간이 있으면 친구랑 놀러 갈 생각만 했지 어째 부모님이랑 여행 갈 생각 한번을 못했을까, 결혼을 하고 나니 이젠 내 식구들 챙기느라 또 부모님이랑 여행 한번 하기가 힘들다. 참으로 부모 하나 기쁘게 해 드리지 못하고 부질없이 살아온 날들이 다 싶어 허망하다.

그런데 한창 청춘의 나이에도 무엇이 귀한 행복인지를 알고 평범한 날들 속에서도 부모와 함께 친구처럼 좋은 추억을 차곡차곡 쌓아 가는 젊은 친구들을 보면 너무

대견하다. 내가 어리석게도 깨닫지 못하고 흘려버린 인
생의 참 행복을 그 친구들은 벌써 알아채고 부모님과 함
께 누리고 있으니 그 현명함이 존경스럽기까지 하다.

소셜 네트워크에서 어느 유명한 젊은 남자배우가 엄
마와 여행 가서, 친구들과 하는 것처럼 우스꽝스런 포
즈를 똑같이 하고 찍은 사진을 보았다. 장난스런 두 사
람의 표정에서 말없이도 전해지는 교감과 행복이 그대
로 묻어나 화려한 플래시 세례를 받고 있을 때보다 더
환하고 편안한 표정에 괜스레 코끝이 찡해졌다. 여태 내
기억 어디를 뒤져봐도 부모님이랑 이렇게 즐거운 장면
이 차곡차곡 남겨져 있지 않으니 뭔가 잘못 살아왔다는
생각이 들었다.

이제서야 감히 짐작조차 할 수 없던 부모님의 마음
을 조금이라도 갚을 수 있도록 더 깊이 즐겁게 함께 하
는 시간을 만들려고 마음먹는다. 자칫 바깥으로만 향
하는 바쁜 마음을 집안으로 들여놓기가 어디 쉽겠는가
만은 엄마와 함께 하는 얼마 남지 않은 시간을 내 마음
과 기억 언저리 어딘가에 확연히 남겨 놓고 싶다. 그래
야 머리 희끗희끗하는 이 나이에 가슴을 치는 후회가 앞
으로는 좀 덜할 것 같다.

아무도 내 존재를 눈치채지 못하게

| 월동 나비 애벌레

사방이 꽁꽁 얼어붙고 산 속 계곡도 얼음이 언 추운 겨울날이었다. 모자에 장갑에 목도리에 부츠로 중무장하고 숲으로 들어서서 처음으로 겨울을 나는 월동 나비 애벌레들을 찾아봤을 때 정말 놀라움을 감출 수 없었다. 눈앞에 있어도 잘 보이지 않아 한참을 들여다보게 만드는 녀석들은 당연하게도 보호색을 갖고 있는데 너무 위장술이 뛰어나서 나뭇잎인지 곤충인지 도무지 육안으로 구분하기가 쉽지 않았던 것이다.

눈앞에 들이대고도 이 모양이니 그냥 쓱 지나가다 월동 나비 애벌레를 발견하기란 거의 불가능에 가깝다. 그러니 이 녀석들의 존재를 이 나이 먹도록 알 수 없었던 것이다. 더구나 겨울은 숲 체험 시즌이 아니라 몇 년째 매일 숲으로 출근을 한 나로서도 너무 생소했다.

도무지 믿어지지 않는 생존력이다. 이 추운 날, 고치에 들어가 있는 것도 아니고 잎을 돌돌 말아 그 속에 숨어 있는 것도 아니요, 버젓이 잎 위에 턱 허니 올라앉아 누워 있는 게 아닌가. 어떻게 이 작은 생명이 겨울을 맨몸으로 견딜 수 있는 것인지 경이로움마저 든다.

가을 끝자락 숲에서 숲 선생님들과 모니터링하다가 머리에 뿔이 두 개 나있고 온 몸에 오톨도톨한 솔기가 나있는 한 녀석을 발견한 적이 있다. 루페로 들여다보니 움직이지도 않던 녀석이 머리를 요동치기에 깜짝 놀라 루페를 들었는데 알고 보니 하도 잘 안 보여 가까이 들이밀다 루페로 그 녀석 꼬리 어느 지점을 찍은 게 분명했다. 아이쿠! 미안해라. 그 아픔이 너무나 선명히 내게 그대로 전해져 얼마나 황망했던지 그 친구를 다시 그 나무 그 자리에 돌려놓으며 제발 살아남아라, 제발 나 때문에 죽지 마라 기도했던 기억이 난다.

겨울 나뭇잎에 안온하게 깃든 나비 애벌레를 보며 힘이 약할 땐 누구에게도 내 존재를 들키지 않아야 한다는 생각을 한다. 공연히 위로받고 싶다고 내 존재를 드러내다가는 약한 모습만 보일 뿐이고, 돌아와 앉으면 그게 결코 유쾌하지 않다는 걸 알기에 도리어 더 공허해질 뿐이란 걸 경험해 봐서 안다. 그러니 누구에게 들키는 그 순간 나를 지킬 수 없을지도 모르는 나비 애벌레처럼 내가 아직 날아오를 준비가 되지 않았을 때는 아무도 내 존재를 눈치 채지 못하게 철저히 혼자가 되어도 좋다. 내 내면으로 한없이 깊이 들어가 나를 더 잘 이해하고 보듬고 보호해 주어야 한다. 언젠가 나만의 날개를 준비하고 이 못난 모습을 벗고 아름다운 나비로 날아오를 때까지.

뿐만 아니라 겨울 숲에 가면 이상하게 다른 나뭇잎들은 다 지고 없는데 유난히 혼자 대롱대롱 떨어지지 않은 잎들을 발견할 수 있다. 자세히 보면 그 잎자루를 실 같은 것으로 칭칭 나뭇가지에 동여매 놓은 것이 보인다. 우연히 가지에 걸려 있는 게 아니라 거미들이 알집을 지으려고 나뭇잎을 말아 그 안에 알을 낳고 겨울바람에도 끄떡없게 잎자루를 나뭇가지에 매달아 놓은 것이다. 동여맨 실이 햇살을 받아 반짝반짝 빛이 나건만 여태 그게 우연히 떨어지다 나뭇가지에 걸린 나뭇잎 인 줄로만 알았다니.

요즘은 숲에 가면 그게 곤충의 알집인 걸 알고 애써 관찰을 위해 떼진 않지만 맨 처음 그 사정을 알아야 했 던 초보 숲 선생일 때는 나뭇가지에 낙하산 모양으로 거미줄을 치고 그 아래 주렁주렁 매달린 큰새똥거미 알 집을 가져와 끝을 잘라 본 적이 있었다.

맙소사, 아직 투명한 어린 것들이 발이 달린 채 수도 없이 와르르 쏟아지는 바람에 혼비백산했다. 사방팔방 으로 흩어지는 그것들을 얼른 쓸어 담아 사무실 앞 작 은 화단 나무 화분에 숨겨 놓고 그중 몇 놈을 루페로 관 찰했는데 정말 어쩌나 싶었다. 이 겨울에 이 녀석들이 살아가기도 만만찮을 것이고 아직 다 성숙하지도 않았 는데 따뜻한 집에서 꺼내 놨으니 어찌 살아남을까 싶고, 그래도 알아야 체험지도를 할 수 있으니 안 들여다볼 수도 없고 진퇴양난이었다. 우스운 건 그런 관찰이 이런 참사를 낳는 것을 알게 되니 자연히 그렇게 생명을 해치 는 체험지도를 하지 않게 된다는 것이다. 숲은 너무도 깊고 넓어 자연의 속내를 속속들이 알기란 참으로 어렵 다. 숲과 함께한 지 십 년이 지난 지금도 내게 자연은 여

위: 보호색으로 위장하고 월동 중인 왕오색나비 애벌레 ⓒ김선미
아래: 낙하산 같은 줄에 매달린 큰새똥거미 알집

전히 신기한 것들투성이다.

겨울 숲에 예전엔 존재조차 몰랐던 나비 애벌레들과 거미의 알집들 속에 아주 어린 거미들이 산다는 걸 이젠 안다. 땅속의 구멍들과 나무의 구멍들에도 수많은 생명들이 깃들어 있다는 걸 이젠 안다. 잘 마주치기 힘든 그들과 우연히 만나면 그렇게 반갑다. 내가 미처 발견하지 못했을 뿐 곳곳에 생명의 기운들이 깃들어 있다는 걸 알게 되니 어느새 혼자 있으면 아무것도 없이 텅 빈 것 같던 마음의 공허함이 사라졌다.

이제는 혼자 있어도 전혀 외롭거나 고립감을 느끼지 않는다. 알고 보면 내 발밑에도 내 머리 위에도 바로 눈앞에도 보이지 않더라도 곳곳에 생명들이 깃들어 있고, 그들이 살아가는 모습은 우리와 크게 다르지 않다. 얼마나 열심히 자신의 자리에서 최선을 다해 꽃을 피우고 열매를 맺는지, 개미와 같이 작은 생명들도 얼마나 부지런히 먹이를 물어 나르는지, 두더지들은 오늘도 여기저기 땅속을 파헤치며 지렁이를 찾는지, 지렁이 똥이 보이는 걸 보니 이 녀석들은 또 얼마나 열심히 땅속에 구멍을 내고 땅을 뒤집으며 햇빛과 공기와 물이 들어가는 틈을 만

무당거미 알집

66 겨울 숲에 예전엔 존재조차 몰랐던
나비 애벌레들과 거미의 알집들 속에
아주 어린 거미들이 산다는 걸 이젠 안다.
땅속의 구멍들과 나무의 구멍들에도 수많은
생명들이 깃들어있다는 걸 이젠 안다. 99

들어 땅 속 생명들을 살리는지, 이런 것들을 알기에 조용히 고요해도 평온한 충만함을 느낀다. 그 뭇 생명들과 함께 나도 열심히 내 자리에서 내 몫을 하며 충실하고 건강하게 내 삶을 가꿔 가야지 하며 즐겁게 일하고 행복하게 쉰다.

군이 사람만이 친구가 아니다 보니 더이상 심심할 틈이 없다. 맘만 먹으면 얼마든지 내 주위에서 생기롭게 변화하고 불쑥 그 향기와 빛깔로 감동을 주는 자연을 만날 수 있고, 겨울이면 눈밭에 총총 나 있는 이름 모를 짐승의 발자국을 따라 내 맘도 어느새 신비한 숲속 길로 접어들기 때문이다. 사람 숲만 볼 때는 그런 행복을 몰랐다.

나도 자연의 일부라는 것을 깨달으며 햇살이 나오면 햇살을 즐기고 비가 오면 비를 즐기며 그 순리에 맞게 하루를 살려고 하다 보니 사는 일이 자연스러워지고 즐거워지며 조급함이 사라지고 평온해졌다.

나에게 겨울은 더이상 춥고 힘겹기만 한 외로운 시간이 아니다. 올해도 겨울 숲에 깃든 월동 나비 애벌레들과 알집의 어린 새끼들이 누구의 눈에도 띄지 않고 긴 겨울을 잘 견뎌서 따스한 봄을 맞이하길 기도한다.

겨울 숲은 빈 가지에 찬바람만 횅하지만 그 숲속에 들
어서면 알싸한 나무와 흙의 향기가 느껴지고 이상하게
포근함마저 느껴진다. 잎이 다 진 나뭇가지들이 하늘을
향해 팔을 뻗은 것을 가만히 보고 있으면 어느 한 가지
도 서로 겹쳐 뻗은 게 없이 서로의 영역을 피해 팔을 뻗
고 있다. 그래서 이다지도 조화로운 걸까.

겨울 숲은 깊은 잠에 든 듯 고요하고 잎이 진 자리들엔
저마다 엽흔이 남아 있다. 엽흔, 잎이 달렸던 그 흔적은
어느 나무 하나 똑같지 않다. 칡은 눈, 코, 입이 선명한
작은 인형의 얼굴 모양이며, 영락없이 보석 반지처럼 생
긴 누리장나무 엽흔도 있다. 두릅나무의 엽흔은 마치

위: 바늘 땀 같은 두릅나무 엽흔

아래: 동물의 얼굴모양인 가래나무 엽흔과 겨울 눈 ⓒ이남섭

바늘 자국 같다. 한 땀 한 땀 잘 꿰매져 있던 흔적이 바늘 자국처럼 선명히 남아 그 잎이 살다 간 흔적을 말해 준다. 그건 마치 우리 손금과 같아서 누구와도 다른 내가 있던 흔적인 셈이다. 그 엽흔들엔 잎의 숨결이 스며 있다. 살아 생생하던 날들의 기록, 물과 영양분을 실어 나르던 흔적(관속흔)이 고스란히 남아 가만히 손끝을 대보면 그 생명의 숨결이 느껴질 듯 선연하다.

겨울 숲에 서면 내가 살다 간 흔적은 어떤 모습으로 남게 될까 생각하게 된다. 위로가 되는 건 어느 흔적 하나 자세히 보면 예쁘지 않은 게 없다는 것이다. 그런데 그게 아름답다는 걸 어느 누가 자세히 들여다봐 줄까. 누가 내 살다 간 흔적을 그리워하며 곰곰이 되돌아봐 줄까.

반려동물의 얼굴 모양을 하고 내게 손을 뻗는 듯한 가래나무 잎 진 자리를 오래 들여다보며 나는 너를 기억한다 말해 주고 싶다. 엽흔을 남긴 채 새로운 생명을 잉태하고 겨울을 버티고 있는 장한 겨울 나무들에게 속삭여 주고 싶다.

나는 다 기억해, 봄날 새로 올라오던 아주 연하고 여

리던 연두의 너를. 그때 넌 정말 손끝도 잘 펴지 못할 만큼 여려서 오글오글 양수에서 갓 나온 아기의 얼굴처럼 살짝 부풀어 있었지. 그러다 여름에 초록으로 변하며 얼마나 반질반질 매끈한 모습으로 자라 햇살 아래 건강하게 빛이 나던지. 그 아래에서 참 시원했다. 진짜 고마웠어. 가을엔 얼마나 붉고 노랗고 황금색으로 물들던지, 황홀하게 아름다웠지. 그게 바로 너였어. 난 다 기억해.

봄에 또 새로 물이 오를 땐 미처 잎도 꽃도 나오지 않았는데도 연록의 빛이 물감 번지듯 숲을 감싸겠지, 그때가 되면 왠지 눈물 날 것 같이 반갑고 내 몸에도 봄물이 오르는 듯 나도 뭐든 다시 시작할 수 있을 것 같은 설렘을 전해 주겠지. 매해 새로 태어나 줘서 정말 고마워.

이 엽흔 위에 봄이 오면 다시 새순이 돋을 것이다. 너는 사라지지만 네가 있던 흔적 위에 새로운 생명이 움튼다.

그와 같이 내 살아온 흔적이 내 후손이 살아갈 새로운 터전이 되는 것이니 나도 잘 살아 내야지 싶다. 나무가 계절의 순리에 맞게 봄을 맞고 여름을 지나 가을과 겨울을 지내는 것처럼 누구와도 다른 자연스런 내 삶의

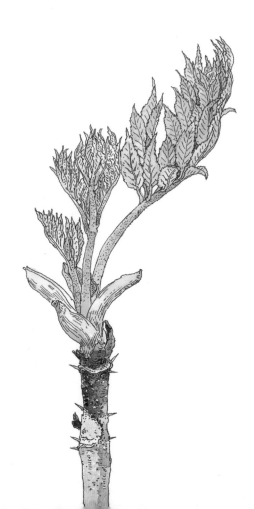

66 이 엽흔 위에 봄이 오면
다시 새순이 돋을 것이다.
너는 사라지지만 네가 있던 흔적
위에 새로운 생명이 움튼다.**99**

두릅나무

속도로 잘 걸어가야겠다. 그러다가 가야 할 때가 되면 이 나무들처럼 욕심 없이 가진 것들을 다 비워 버리고, 다음 세대들이 새로 움틀 자리를 내 남은 온기로 마련해 준 다음 앙상한 흔적이지만 그마저도 아름다운 모습으로 갈 수 있으면 좋겠다. 그리하여 누군가 내 살아 온 흔적을 아름답게 기억해 준다면 그나마 내 삶의 소박한 소임은 다한 것이리라.

겨울 숲은 텅 비어 있는 듯 쓸쓸해 보이지만 내밀하게 생명을 잉태한 충만함으로 가득 차 있다. 봄이 되면 싹을 틔울 통통하고 볼록한 겨울눈들이 지난날 수없이 피고 진 꽃과 잎의 기억을 가득 머금고 곧 다시 태어날 새로운 생명을 움틔울 준비를 하고 있기 때문이다. 춥고 긴 겨울을 견디는 게 성숙이며 봄에 화사한 꽃으로 피려면 이 추운 시간이 꼭 필요했음을 겨울 숲은 말없이 보여 준다.

통통한 꽃눈과 그보다 더 뾰족하고 작은 잎눈들을 볼 때면 나의 겨울도 다시 올 봄을 기다리며 새로운 생명을 잉태하고 내밀한 충만함으로 가득차길 바란다.

겨울눈은 보통 봄부터 가을까지 형성돼서 잎과 꽃에 대한 정보를 가득 담고 겨울 동안 잠시 쉬고 있다가 봄에 꽃과 잎을 틔우는데 형태는 여러 가지다. 목련이나 쪽동백처럼 솜털을 보송보송하게 입은 것부터, 참나무처럼 비늘로 덮여 있는 것, 칠엽수나 버드나무처럼 끈적이는 진액으로 덮여 있는 것, 딱딱한 가죽질로 덮여 있는 함박꽃, 물푸레나무 등 다양한 모습을 띤다.

겨울눈들은 모두 아린이라고 하는 비늘 같은 조각이 여러 장 덮여 있어 추위 등 외부 환경으로부터 눈을 보호한다.

아린, 이 단어를 처음 들었을 때 제일 먼저 떠오르는 단어가 '아리다'라는 말이었다. 겨울눈을 감싼 아린은 봄이 오면 껍질이 벗겨지거나 찢어지며 꽃과 잎이 나온다. 버드나무나 목련은 이 아린이 벗겨지면서 나오느라 마치 모자를 쓴 듯한 모습으로 우리 앞에 나타나 귀여운 생명력을 느끼게 한다. 하지만 정말 살갗이 찢어질 듯 아리게 나오는 라일락 같은 꽃도 있으니 아린을 보고 '아리다'라는 말을 떠올리는 것도 무리가 아닌 듯하다.

사전으로 정확한 어원을 찾아보니, '아리다'라는 말

의 어원은 '알히다'로 '아리게 되다. 아프게 되다'라고
나와 있고 '아리다'라는 말의 뜻은 '상처나 살갗이 찌르
는 듯이 아프다, 마음이 찌르는 것처럼 쓰리고 아픈 느
낌이 있다'라고 나와 있다.

싹 아芽, 비늘 린鱗. 싹의 비늘이라는 한자어의 아린이
겨울눈을 감싸고 있다가 그것이 벗겨지고 찢어져야 꽃
과 잎이 나오는 것이니 상처나 살갗이 찌르는 듯이 아
픈 '아리다'라는 말은 어쩌면 이 겨울눈 아린과 깊은 연
관이 있는 단어가 아닐까. '아리다'라는 말이 이다지도
어울리는 순간이 또 어디 있을까 싶다.

단단하게 겨울눈을 싸고 있던 벌어질 것 같지 않은
완고한 아린도 봄이 되어 햇살이 퍼지면 하나둘씩 그 단
단하던 껍질을 벗고 움트는 생명들을 위해 기꺼이 자신
을 찢어 버린다. 아린 상처에서 꽃이 피고 잎이 나고 새
가지가 자란다. 그 모든 아픈 기억을 아린은 알고 있다.

상처 없이 피는 꽃은 없다. 흔히 라일락 꽃잎의 맛을
첫사랑의 맛이라고 한다. 아린이 찢어지며 나오는 그 꽃
을 보면 이유를 알 것도 같다. 어딘지 싸아한 향이 배어
있는 라일락 꽃잎은 살짝 베어 물면 정말 그 쓴맛이 내

(왼쪽 위부터 시계방향으로)
칠엽수 겨울눈과 아린
라일락의 아린이 찢어지며 꽃이 나오려는 모습
따뜻한 곳에 두고 물을 주자 금세 열리는 튤립나무 아린
겹겹이 싸인 아린이 벗겨지며 꽃이 나오는 목련

내 혀에 감돌아 도무지 가시지 않는다.

첫사랑은 마냥 달콤하지만은 않은 싸아한 찌르는 듯한 향을 품고 있고 한번 맛보면 도무지 잊혀지지 않는 쓴맛이라 라일락 꽃잎에 첫사랑의 맛이란 이름표가 붙은 걸까. 그 쓰린 맛은 시간이 지나 잎이 시들어도 강하게 남아 있어 시든 잎조차 잊을 수 없게 만든다. 그래서 첫사랑은 내내 잊을 수 없는 건가 보다.

하지만 봄이 오면 괜스레 라일락 꽃 아래를 서성이며 그 알싸한 향에 취하고 꼭 그 쓰디쓴 꽃잎을 맛보게 된다. 마치 잊혀진 사랑의 기억을 더듬듯이.

겨울 숲, 꽃눈과 잎눈은 단단한 아린에 싸인 채 겨울을 견디며 봄을 기다리고 있다. 갈가리 찢겨도 다시 새로 꽃피는 희망을 품은 아린을 보며 숲의 신성한 기운을 느낀다. 겨울 숲은 그래서 고요함 속에 내밀하고도 엄숙한 생명의 충만함이 그득하다.

그 견고한 아린에 싸여 봄을 맞을 때 어떤 꽃은 먼저 피고 어떤 잎은 더디게 나올 것이다. 그때 먼저 핀 잎과 꽃들을 보며 조바심을 치는 꽃과 잎이 있을까. 모든 겨울눈은 적당한 햇빛이 퍼지고 대기가 훈훈해져 꽃 피울 수 있을 때가 돼야 나오는 법이다. 그런데 조급함으로

목련 아린

<blockquote>
❝ 아린 상처에서 꽃이 피고 잎이
나고 새 가지가 자란다. 그 모든
아픈 기억을 아린은 알고 있다.❞
</blockquote>

그런 환경이 되기도 전에 아린을 벗거나 찢고 나오면 어떻게 될까. 분명 꽃피기도 전에 얼어 죽고 말 것이다.

우리 삶도 그런 것 아닐까. 아직 나의 꽃이 피지 않았다면 아직은 때가 아닌 것이다. 괜스레 조급할 필요가 없다. 그런데 마치 생살을 찢고 생니를 뽑듯이 피를 철철 흘리며 뭔가를 해내야 한다고 제발 이를 악물지 말았으면 좋겠다. 때가 되면 절로 아린이 벗겨지고 찢어져 자연스레 꽃이 피는 시간이 오는 것이니, 지금은 다만 아린의 보호를 받으며 때가 되면 꽃 피울 만반의 준비를 하며 통통하게 내실을 다져야 할 때다. 그게 청춘이든 새로운 인생의 꽃을 피우기 위해 준비하는 중년이든 그 누구라도 오늘, 지금 안온하고 행복해야 한다고 말해주고 싶다. 겨울눈처럼 고요하게 그러나 평온하게 반드시 봄이 오면 꼭 꽃이 필 것을 믿으면서….

네가 곁에 있다는 것만으로도

| 식물들의 소리 없는 대화

종종 숲에 들어서면 마치 나무들이 서로 속살거리는 소리가 들리는 듯할 때가 있다. 나뭇잎들이 바람에 흔들리는 팔랑거림, 사르륵 스치는 소리들이 마치 서로에게 건네는 경쾌한 말소리처럼 느껴지고, 갑작스런 새들의 푸드덕 날갯짓 소리, 온갖 동물들의 움직임이나 울음소리, 사람들의 시끄럽고 부산한 움직임까지 나무들은 다 알고 무슨 반응들을 주고받을 것 같다. 종종 숲에서 많은 사람들을 이끄느라 마이크를 사용하다 보니 숲이 사람처럼 "아유 시끄러워" 하면서 스트레스를 받지는 않을까 걱정하기도 한다. 봄에서 가을까지 숲은 이런 부산한 움직임과 소리들에 적잖이 피로를 느낄 법도 한

데 겨울이 되면 비교적 한산해진 숲에서 휴식을 취할 수
있을까? 그러기엔 너무 가혹한 계절이다.

　기나긴 겨울을 견디기 위해 나무는 자신에게 영양분
을 만들어 주던 나뭇잎들조차 버렸다. 그리고 언 땅에
선 물을 흡수하기도 힘들 뿐 아니라 몸이 얼어 터질 것
에 대비하기 위해 물을 먹는 것도 거의 포기한 채 겨울
을 나목으로 견딘다.

　겨울 숲에 들어서면 이렇게 추운 데서 힘겹게 서 있
을 땐 이 친구들이 서로 무슨 이야기를 주고받고 있을
지 문득 궁금해진다. 분명 봄에서 가을까지 숲의 이야
기가 서로 편안하고 경쾌했다면 겨울 숲은 사뭇 다르지
않을까.

　하긴 인생의 겨울에도 그렇듯이 서로 힘든 걸 뻔히
알고 있는데 굳이 무슨 말이 필요할까 싶기도 하다. 힘
들 때는 서로 곁에서 묵묵히 같이 버텨 주는 것이 가장
큰 힘이 되는 법이다. 겨울 숲에서 나무들은 서로에게
그런 든든한 존재가 아닐까. 서로 바람을 막아 주고 서
로의 공간을 배려해 주면서 하나도 죽지 않고 봄에 다
시 꽃을 피우고 잎을 내기를, 서로 버팀목 삼아 조용히
기도해 주는….

숲 공부를 하다 보니 숲의 식물들은 서로 말없이도 방향 물질로, 그리고 뿌리로 소통한다는 사실을 알게 됐다. 트리스탄 굴리가 쓴 〈인생학교: 자연과 연결되는 법〉(프런티어)이란 책에 보면 이런 이야기가 나온다. 아카시아 나무에 기린이 와서 잎을 뜯어먹으면 그 잎은 기린이 먹을 수 없도록 타닌과 같은 떫은맛을 내는 방어물질을 생산하기 시작한다. 뿐만 아니라 자신의 다른 잎들이 미리 방어물질을 생산하도록 휘발성 냄새로 자신의 잎이 먹히고 있음을 알린다는 것이다. 냄새를 통해 그 나무의 다른 잎들이 방어물질을 준비하고 생산함은 물론이다. 더욱 놀라운 건 그 옆의 다른 나무들까지 이런 소리 없는 대화를 알아차리고 방어물질을 생산하기 시작한다는 것이다. 이스라엘의 학자 대니얼 샤모비츠 또한 식물이 냄새를 이용해 소통한다는 이야기를 한 바 있다.

식물의 여러 가지 향은 식물과 동물 사이의 복잡한 소통에 쓰인다. 냄새를 맡고서 다양한 수분매개자가 꽃을 찾아오고, 씨를 퍼뜨려주는 동물들이 열매를 찾아온다. 미국 작가 마이클 폴란이 추측했듯이 감미로운 꽃향기 때문에 꽂은 인간의 손에 들려 전 세계로 퍼지기도 한다. 하지만 식물은 그저 냄새를 풍기는 데 그치지 않는다. 식물은 분명히 다른 식물의 냄새도 맡는다.

<은밀하고 위대한 식물의 감각법> 대니얼 샤모비츠, 다른, 72쪽

이 정도면 식물이 마치 뇌가 있는 듯 생각하고 말하는 것처럼 느껴지는 것도 무리가 아니다. 위험을 인지하면 분명한 의도를 갖고 그것을 자신의 다른 잎이나 주변의 식물들이 알아채고 대비하도록 '조심하라'고 말을 건네는 것과 다를 바 없지 않은가.

물론 식물들이 이런 소통을 하는 동안 잎을 뜯어먹는 기린이라고 당하고 있지만은 않는다. 이 녀석들은 바람이 불지 않는 방향의 잎부터 먼저 먹기 시작해 식물들 간의 소통이 휘발성 화학 가스 형태로 이루어지는 것에 대비한다니 신기할 따름이다.

아무래도 이런 식물의 방어작용 탓일까. 초식동물들과 곤충들이 어떤 식물의 잎을 먹을 때 다 먹어 버리는 경우는 거의 없다니 참 신기하다.

식물과 곤충들은 공진화를 한다. 초식동물과 곤충들은 식물을 먹고 식물들은 곤충들을 이용해 수분을 하고 초식동물들을 이용해 씨앗을 나르기도 하며 서로 돕기도 하고 먹고 먹히기도 하며 함께 진화해 간다. 우리가 흔히 해충이라 부르는 벌레들도 식물을 먹을 때 그 식물의 15퍼센트 정도만 먹는다고 하니, 곤충들이 잎을 먹는다고 무슨 큰 일이 날 것처럼 지레 약을 치고 방제를 하다간 외려 식물들에게 악영향을 끼칠 수도 있으니 조심해야 한다.

물론 일부러 키우는 농작물의 경우는 좀 다르겠지만, 사람을 위해서나 식물을 위해서나 땅을 위해서나 화학 비료나 방제약이 좋지 않다는 것은 누구나 다 아는 사실이다. 하지만 자연은 말 그대로 자연스럽게 그때의 상황 상황에 따라 변화하는 생태를 보여 주어 어떤 것이 딱 정답이라고 말하기 어려운 경우도 많다.

간혹 숲에서 본 어떤 애벌레는 어느 식물 하나에 주렁주렁 수십 마리가 달라붙어 잎을 하나도 남기지 않고 다 먹어치워 기존의 내 상식하곤 맞지 않아 깜짝 놀란 적도 있다. 아마도 어느 한 곤충의 개체수가 어떤 변수로 인해 지나치게 불어나 기주식물(곤충들의 주 먹이가 되는 식물)들의 수와 균형이 맞지 않아 생긴 결과였을 것이다. 그런 일을 자주 일어나는 일은 아니나 어떤 변수로 생태계의 균형이 무너지면 생태계 전체 균형에 금이 갈 수 있어 황소개구리 개체수 조절이나 가시박 등 유해식물 제거작업도 필요한 것이다.

흔히 식물들은 아픔을 느끼지는 못한다고 한다. 하긴 이다지도 영민한 식물들이 아픔까지 느끼고 감정까지 가지고 있다면 자신이 너무 힘들 것도 같고, 자연을 대할 때 만지고 열매를 따 먹는 것조차 너무 조심스러워질 것이니 다행이라고 해야 할까. 그러나 너무 자주 만진 식물들은 성장이 원활하지 않고 죽기까지 한다니 예쁘다고 너무 자주 식물을 만지는 것은 좋지 않다는 걸 알아 둬야겠다.

봄부터 여름을 지나 가을까지 식물들은 뿌리로 서로 연결되어 영양분이 부족한 이웃 나무에게 영양분을 나눠 주고 나뭇잎들은 또 휘발성 향기로 서로 소통하며 부지런히 열매를 맺고 씨앗을 퍼트리고 이제 할 일을 마무리한 듯 고요하다.

이제 나뭇잎들이 영양분을 만들어 주지도 않고, 몸이 얼어붙지 않으려면 뿌리로 수액을 올리며 물도 먹지 말아야 하는데 겨울 동안 물도 영양분도 모자란 상태로 나무는 얼마나 힘들까.

위: 층층나무 겨울눈
아래: 겨울을 나는 사마귀알집

그럼에도 불구하고 다음 해 봄을 준비하느라 어느한 가지도 빠짐없이 통통한 겨울눈을 달고 있는걸 보면 참으로 비어 있는 듯 꽉 차 있는 겨울 숲의 내밀한 충만함을 느낀다. 그래서일까. 이상하게 아주 추운 날 숲에 가도 훈훈한 온기가 감돈다.

언제나 곁에서, 태어나서 지금까지 힘든 일을 서로알리고, 뿌리로 서로 영양을 주고받고 서로의 영역을 배려해 가지를 뻗으며 사이좋게 이웃해 온 친구들이니 추운 겨울을 함께 버티고 있는 서로의 존재만으로도 든든하고 힘이 날 것 같다. 땅 속 깊은 곳에서 서로 맞닿은 그 뿌리 깊은 온기가 저 나무들을 버티게 하는 힘이 될 것도 같다. 내가 힘들 때 함께 견딜 수 있는 존재들이 곁에 있다는 건 얼마나 큰 힘이 되는 일인지. 아직 겨울나무의 소통에 대해서는 잘 알지 못하지만 왠지 이 겨울에도 나무들은 지혜로운 소통을 하며 힘을 나눠 주고 있을 것만 같다.

게다가 나무들은 겨울이 되면 숲의 생명들의 든든한집이 되어 준다. 거미와 사마귀와 나방, 나비 등 셀 수없이 많은 숲의 생명들이 그 빈 가지에 알집을 만들고 새끼들이 깃들어 겨울을 넘긴다.

" 다음 해 봄을 준비하느라
어느 한 가지도 빠짐없이 통통한
겨울눈을 달고 있는걸 보면
참으로 비어있는 듯 꽉 차 있는
겨울 숲의 내밀한 충만함을
느낀다. 그래서일까.
이상하게 아주 추운 날 숲에 가도
훈훈한 온기가 감돈다. "

　나는 비록 추워도 누군가의 따스한 집이 되어 주는
자연의 섭리가 또한 감사한 겨울이다. 위험이 닥칠 때
서로 돕고 힘이 모자랄 때 힘을 나눠 주며 약한 것들에
어깨를 내주고 함께 지키고 상생해 갈 때 더 건강한 숲
이 되며 수많은 다른 생명들을 보듬는 터전이 될 수 있
다는 것을 겨울 숲에서 다시 한 번 확인한다. 왠지 서로
잘 버티자고 격려하는 나무들의 소리가 내게도 들리는
것 같다.

너에게 봄을 보낸다

| 복수초

입춘 지난 숲에 눈이 내린다. 절기로야 봄의 문이 열렸다지만 추위가 가시지 않은 찬 공기는 여전히 봄이 오는 걸 시샘하고 있다. 이러다 어제 아린을 벗고 나오려고 했던 히어리 몽우리가 꽁꽁 얼어 버리는 건 아닌지 걱정이 앞선다. 매화꽃도 기다려지는데 언제 볼 수 있으려나. 새 생명의 기운이 그리워 아직 꽁꽁 언 바닥을 훑어 보다가, 어머나! 언제 오는지 알 수 없었던 봄님의 기척을 드디어 만난 듯 너무 반가워 절로 감탄이 나오는 꽃이 있다.

회색빛의 숲에 태양을 심어 놓은 듯 온 숲을 환하게 밝히는 샛노란 복수초다. 복 복福 자에 목숨 수壽 자를

써서 복과 장수를 기원하는 햇살 닮은 꽃, 겨울이 꽁꽁
언 얼음을 뚫고 보낸 아름다운 봄의 전령사다.

　겨울의 끝자락에서 이 복수초를 만나야 비로소 봄
이 온다. 넓고 큰 노란 꽃잎은 반짝반짝 코팅이 된 듯 샛
노랗게 햇살에 빛나고 그 아래를 보면 잔설이나 얼음이
남아 있는 경우가 많다. 도대체 꽃이 어떻게 얼음과 눈
을 뚫고 필 수 있는지 볼 때마다 그 놀라운 생명력에 감
탄하게 된다.

　복수초가 이렇게 얼음을 뚫고 필 수 있는 이유는 놀
랍게도 스스로 열을 내기 때문이다. 모든 식물은 뿌리에
당분을 가지고 있는데 특히 겨울을 견디고 초봄에 일
찍 나오는 식물들은 뿌리가 얼지 않도록 물보다 어는점
이 낮은 당분을 뿌리에 잘 저장하고 있다. 복수초는 여
기에다 시마린 등의 물질을 함유하고 있어 스스로 열을
내기에 얼음을 뚫고 피어날 수 있는 것이다. 강심배당체
라고 불리는 이러한 물질들은 식물에서 추출하여 심장
심근을 강화하는 약물로 사용되기도 한다. 또 오목한
노란 꽃잎이 햇볕을 모아 꽃 내부 온도가 바깥보다 높
다고 하니 곤충들이 그 따스한 품속으로 뛰어들고 싶은

얼음을 뚫고 핀 복수초 ©이남섭

건 당연한 일이다.

복수초를 우연히 만나면 이런 강한 생명력이 내 몸과 마음에도 전해져 왠지 올 한 해 복과 건강이 내게 올 것 같아 저절로 기분이 좋아진다. 이제 그만 기나긴 겨울을 끝낼 때다. 움츠려있던 마음의 기지개를 켜고 서둘러 봄을 맞아들일 채비를 하게 된다.

어느 해 겨울도 채 가기 전에 내가 근무하던 휴양림 화단에 복수초 딱 한 송이가 피었다. 커다랗고 탐스런 복수초가 너무 예뻐 매일 화단에 쪼그려 앉아 들여다봤다. 복수초는 해가 있을 땐 잎을 활짝 열고 있다가 저녁 무렵 햇발이 빠지면 잎을 다문다. 그런데 이 복수초, 잎을 다문 모습이 심상치 않다.

적당히 꽃잎을 다문 게 아니라 꽃잎이 하나도 보이지 않는다. 한 잎 한 잎 노란 기운 하나도 남김없이 잎을 완벽하게 포개어 겹쳤다. 그렇게 넓게 펼쳐져 있던 잎을 어찌 이리 완벽하게 차곡차곡 접을 수 있단 말인가. 잎을 접거나 펴다가 각도가 조금이라도 어긋나기라도 하면 여린 꽃잎들이 서로 부딪쳐 상처를 입고 처음처럼 다시 활짝 피지 못할 것 같다. 정말 이대로 어제처럼 화사하게 다시 활짝 필 수 있을까? 궁금증으로 다음날 햇살 나올 때 얼른 다시 찾아가 봤다. 어머나 세상에, 복수초는 다시 처음처럼 완벽한 모습으로 활짝 피어 놀랍도록 싱그럽다.

복수초 꽃잎의 간격은 자로 잰 듯 정확한 걸까. 어쩜 이리 완벽하게 접고 펼 수 있을까. "아, 이게 바로 피보나치 수열과 황금비구나" 싶어 무릎을 탁 쳤다.

이탈리아의 수학자 피보나치는 토끼 수의 증가에 대해 연구하면서 일정한 규칙을 발견했는데 이게 바로 피보나치 수열이다. 요즘 꽤 심오한 퀴즈 문제들을 푸는 TV프로그램 등에서 이런 수열들의 규칙이나 상관관계를 묻는 문제들이 많이 나오던데 자, 한번 이 수열의 규칙을 찾아보시라.

0, 1, 1, 2, 3, 5, 8, 13, 21, 34, 55, 89, 144, 233, 377 …

그렇다. 이 수열의 비밀은 앞의 두 개 숫자를 더한 것이 뒤의 숫자라는 점이다. 그리고 3 이상의 뒤의 숫자로 앞의 수를 나누면 1.618… 황금비율 근사치가 나온다.

신기하게도 이 세상 대부분의 식물들이 이 수열에

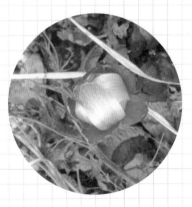

복수초 꽃잎이 피어난 모습과 꽃잎을 다문 모습

따른 꽃잎의 개수와 가지의 개수를 가지고 있으며 꽃잎의 각도와 나뭇가지의 각도가 황금비율에 가깝다고 한다. 우리가 앙상한 겨울나무 가지에서조차 거부할 수 없는 조화로움과 아름다움을 느끼는 건 어쩌면 당연한 일이었다.

이 복수초 잎의 펴고 접음은 피보나치의 수열과 황금비율을 너무나 잘 보여 주는 예가 아닌가. 자연의 신비를 눈앞에서 확인하니 정말 경이롭다. 그렇게 정확한 황금비율을 갖고 있는 이 복수초 잎이 과연 며칠이나 차곡차곡 접혔다 다시 필까 몹시 궁금해 매일 들여다보았다.

이틀, 사흘, 복수초는 여전히 낮엔 활짝 피었다가 밤엔 감쪽같이 접혔다가 신비한 모습을 보여 주더니 나흘째 되던 날 아침 그만 홀랑 흔적도 없이 사라져 버렸다. 너무 놀라서 물어보니 관리하시는 선생님께서 쥐가 따 먹은 것 같다고 하신다. 응? 쥐가 꽃을 송이째로 먹기도 하나? 하긴 멧돼지가 내려와 지금 근무하고 있는 자생식물원에 아직 나지도 않은 얼레지꽃과 앉은부채 뿌리를 땅을 파헤쳐 먹어 치운 걸 보면 불가능한 일도 아니다.

결국 난 복수초가 며칠씩이나 그렇게 접혔다 피는지

그 궁금증을 풀진 못했지만 지금 근무하는 휴양림에 핀 복수초는 2월 21일에 피어나 3월 21일까지 건재했으니, 정말 놀라운 생명력이다.

복수초뿐 아니라 얼레지꽃, 작약꽃, 나팔꽃, 괭이밥 꽃 등 세상의 많은 꽃들이 꽃잎을 접는다. 낮에 피었다 햇발이 빠지면 꽃잎을 접는 것 뿐 아니라 비 오고 바람 심한 날도 입을 다물어 공연히 곤충이 올 리 없는 날에 애써 만든 수술의 꽃가루가 날아가지 않도록 단속하는 것이다.

복수초 앞에 앉아 살면서 무수히 나를 접어야 했던 순간들을 만난다. 순탄하기만 한 인생은 없기에 누구에 게나 자의든 타의든 자신을 접어야만 했던 순간들이 있 었을 것이다. 그때마다 이대로 접히지 않겠다고 외려 더 상처 받으며 힘겹게 버텨왔던 우리들에 비해 복수초가 하나 남김없이 자신을 다 접는 모습은 참으로 대단한 용기처럼 느껴진다.

그게 복수초가 자신을 지키듯, 오히려 나를 지키는 일이란 걸 너무 늦게 알아 버렸다. 그렇게 접는 일이 굴욕 이 아니라 자연의 이치를 따르는 순리며 지혜라는 것을.

복수초

이제 생의 비 오고 바람 불고 춥고 힘든 날은 두려움
없이 곱게 꽃잎을 접는 법을 배워야지. 힘들어도 버텨야
한다고 살아남아야 한다고 내 등을 떠미는 세상에서 내
중심을 잡기란 여전히 말처럼 쉬운 일이 아니지만 한송
이 꽃들이 비 오고 바람 불면 꽃잎을 닫으며 오래오래
아름다운 꽃을 피우듯이 나도 자연의 순리를 따르는 지
혜를 닮아 가려 한다. 자연을 오래 들여다본 덕에 이제
나도 자연의 일부란 것을 더욱 깊이 느낀다. 사실 우리
모두가 자연의 일부가 아닌가. 모든 자연은 황금비율을
가지고 있듯 우리 속에 내재돼 있는 모든 방향성들도
꽃잎을 접어도 다시 꽃피울 수 있도록 미리 설계돼 있음
을 이젠 어렴풋이 깨닫게 된다.

"접어야 할 때 상처를 두려워 않고 다 접을 줄 안다
면 네 꽃잎은 상하지 않는다고, 밤이 지나 햇살이 퍼지
면 처음처럼 다시 환하게 꽃필 수 있다고."

아직 얼음이 박힌 자리에서 복수초는 올해도 다시
시작할 봄을 내게 보내 주고 있다.

뱀은 너를 노리지 않아

숲으로 매일 출근하다 보면 종종 받는 질문이 있다.

"그 숲에 뱀이 있나요?"

주로 아이들을 데리고 가도 괜찮겠냐고 묻는 전화다. 이럴 때마다 어떻게 대답해야 하나 참으로 난감할 때가 한두 번이 아니다.

숲에 뱀이 있는 건 당연한 것이고 건강한 생태계라는 뜻이다. 모든 자연은 하나의 연결고리로 연결되어 있어 어느 하나라도 없으면 생태계의 균형이 무너진다. 자연에서 소중하지 않은 것은 하나도 없다는 것이 숲에서 배워야 할 가장 큰 가르침이다. 물론 자연의 일부인 우리도 마찬가지로 서로 보이지 않는 끈으로 연결돼 있고 누구 하나 소중하지 않은 존재가 없다는 것을 알아야 하듯이.

뱀이 위험하다고 잡아 버리면 어떻게 될까? 뱀이 먹는 개구리 수가 확 불어날 것이고 개구리가 너무 많으면 잠자리를 다 잡아먹을 것이고, 잠자리가 없으면 잠자리가 먹는 모기 파리가 기승을 부릴 것이다. 결국 모기에 뜯기는 건 우리가 되는 셈이다.

그래서 어쩌다 숲에서 뱀이 나온다고 저걸 잡아야 하지 않냐며, 위험해서 어떻게 다니겠냐고 무서워하는 사람들을 보면 꼭 해 주는 이야기가 있다.

뱀이 공연히 아이들을 노릴 일은 없다. 뱀도 자기 살 궁리를 한다. 사실 뱀은 먹잇감이 아니면 일부러 나와 근처에서 어슬렁거리며 위험을 자초하지 않는다. 먹잇감을 노릴 때 동물들은 에너지를 집중하고 힘을 발휘한다. 하지만 먹지도 못할 것에 덤벼 공연히 에너지만 낭비하는 동물은 없다.

뱀은 눈이 나빠 상대방의 체온과 땅의 울림으로 먹을 수 있는 녀석인지 아닌지 먹잇감의 견적을 낸다고 숲 생태 강의에서 어느 교수님이 말씀하셨다. 저 녀석 몸무게 얼마, 키 얼마, 정확한 견적을 낼 수 있는 게 뱀이라고. 뱀이 느끼기에 아이들이 모여 함께 움직일 때의 땅의 울림, 체온은 엄청 큰 녀석이고 따라서 잡아먹을 수 없다는 견적이 딱 나온다. 그러니 뱀이 공연히 그 아이들을 노릴 일은 거의 없다는 얘기다.

다만 숲에서 우연히 체온을 올리기 위해 햇빛을 쬐느라 가만히 있는 뱀을 실수로 밟았을 때 물릴 수는 있다. 그러니 숲에 올 때는 너무 딱 붙는 바지 대신 체온을 가릴 수 있는 살짝 헐렁한 바지와 등산화같이 발목을 감싸는 운동화가 좋다. 그리고 지팡이 같은 걸로 미리 땅을 툭툭 쳐서 땅을 울리며 가면 웬만하면 뱀이 알아서 피한다. 혹여 뱀이 지나가는 걸 조금 떨어져서 보게 되거든 갈 길 잘 가도록 가만히 길을 터 주면 된다. 그냥 지나가는 애를 굳이 건드릴 이유도 없으며 특히 또아리를 틀고 머리를 드는 녀석들은 독사일 가능성이 높으니 조용히 뒤로 물러나 자리를 피해야 한다.

뱀이 무서워 숲에 나오길 꺼려하는 사람들을 보며 우리 삶에 도사리고 있는 수많은 위험들을 생각해 본다. 언제 나타날지 어디 있는지도 잘 모르는 뱀 때문에 햇살 화창한 봄날 숲에 나오는 행복한 하루를 포기할 필요가 있을까? 마찬가지로 아직 일어나지도 않은 일을 걱정하면서 우리가 삶에 뛰어들어 누릴 수 있는 행복을 놓칠 필요가 있을까?

숲은 언제나 좋다. 햇살이 좋으면 햇살에 반짝이는 찬란한 것들을 즐기고, 비가 오면 풀잎에 송송 맺힌 이슬 같은 물방울과 숲을 감싸는 안개 같은 운무, 비가 그칠 무렵 갑자기 하늘을 뚫고 숲으로 쏟아지는 듯한 거대한 빛줄기들, 무지개를 만날 수도 있다. 아주 무더울 때 나무 그늘 아래 누워 눅눅한 도심 속 바람이 아닌 서늘한 숲의 바람을 맞으며 꿀 같은 낮잠 자는 기분, 아주 추운 날 고요한 침묵 속에서 찾아내는 생명의 기운들, 섬세한 서리꽃(상고대)들과 눈 온 뒤의 하얀 세상 속에 찍혀 있는 평소 보지 못하던 짐승의 발자국들, 하얀 눈과 대조되는 빨간 열매들의 아름다움들…. 숲을 찾을 때마다 자연은 늘 몸과 마음에 싱그런 숲의 생기를 불어넣어 주고 그 아름다움을 발견하는 힘으로 세상 곳곳에 숨은 아름다움을 발견하는 능력을 길러 준다.

숲은 내가 세상을 보는 눈과 삶을 대하는 태도를 바꿔놓았다. 어찌 삶에 기쁨만 있겠는가만은 숲을 통해 나를 회복하고 그 힘으로 사람 숲을 더 건강하게 활보하며 좋은 기운을 나눌 수 있다.

이 책이 사람들을 좀 더 자주 숲으로 이끄는 샛길의 역할을 할 수 있었으면 좋겠다. 천천히 걷는 그 숲길 가에서 이 책 속의 꽃들과 곤충들을 만날 때 "아, 이 녀석들이구나. 얘들이 그런 이야기를 가지고 있다고 했지?" 하면서 좀 더 자연을 자세히 들여다보는 계기가 됐으면 좋겠다. 자연과의 깊은 교감 속에서 나를 만나고 삶의 자세를 가다듬으며 그 아름다운 힘으로 위로 받고 다친 마음의 상처를 회복해 간다면 이 책이 조금은 쓰임을 다한 것이니 참으로 행복하겠다.

부디 오늘 하루 일상 곳곳에 숨어있는 아주 소소한 행복들을 발견하며 문득 문득 행복하시길. ❋

도서출판 남해의봄날 로컬북스 20
이웃한 도시라도 자세히 들여다보면 서로 다른 자연과 문화, 아름다움을 품고 있습니다.
독특한 개성을 간직한 크고 작은 도시의 매력, 그리고 지역에 애정을 갖고 뿌리내려 살아가는 사람들의 이야기를
남해의봄날이 하나씩 찾아내어 함께 나누겠습니다.

긴 숨을 달게 쉬는 시간
숲에서 한나절

초판 1쇄 펴낸날	2020년 9월 15일
5쇄 펴낸날	2023년 6월 30일

지은이	남영화
편집인	박소희책임편집, 천혜란
마케팅	이다석, 황지영
디자인	류지혜
일러스트레이션	정하진

종이와 인쇄	미래상상

펴낸이	정은영편집인
펴낸곳	(주)남해의봄날
	경상남도 통영시 봉수로 64-5
	전화 055-646-0512
	팩스 055-646-0513
	이메일 books@namhaebomnal.com
	페이스북 /namhaebomnal
	인스타그램 @namhaebomnal
	블로그 blog.naver.com/namhaebomnal

ISBN 979-11-85823-61-4 03810
© 남영화, 2020
KOMCA 승인필